Nati's Diary

Band 1

Für alle Freundinnen:
Ein Freund ist wie eine Freundin, allerdings kann er nicht so gut zuhören und bringt euch nicht so gut zum lachen - also vergesst eure Mädels nicht!

Jungs sind doof, außer man küsst Sie!

Jugendbuch

Bibliografische Information der Deutschen Nationalbibliothek:
Die Deutsche Nationalbibliothek verzeichnet diese Publikation in der
Deutschen Nationalbibliografie; detaillierte bibliografische Daten sind
im Internet über http://dnb.dnb.de abrufbar.

©2016 Natalie Kaschuge
Herstellung und Verlag:
Bod - Books on Demand, Norderstedt

ISBN: 978-3-74123-706-5

Montag, der 01. März

Toll, ein Tagebuch!

Ich weiß gar nicht, was ich da jetzt schreiben soll.

Meine Oma sagte: „Kind, das wird Deinem Chaos im Leben mal ganz gut tun!".

Sie meinte, ich solle mein Leben neu ordnen.

Ja, genau. Bei mir gibt es nichts zu ordnen. Bei mir ist es todlangweilig. Bei mir gibt es nämlich überhaupt rein gar nichts, was im Leben passiert.

Wobei, ungeschickt zu sein ist auch eine Form von chaotisch – oder?

Meine Oma war gestern zu Besuch bei uns. Es gab Abendessen. Ich hatte einen Bärenhunger und schnappte allen das Brot, die Butter und die Wurst weg.

Ich mampfte schon zufrieden, als meine Eltern gerade anfingen, meiner Oma die erste Vollkornbrotscheibe zu reichen (sie bekommt Vollkorn wegen der Verstopfung), als ich unbedingt was trinken musste.

Ich konnte wirklich unmöglich warten, bis meine lahmen Eltern sich endlich dazu aufraffen konnten, mir die Kanne mit Saft zu reichen. Ich wusste ja, dass sie nur wieder rummeckern würden, von wegen ich könnte ruhig mal langsamer machen und warten, bis alle anfangen zu essen.
Tut mir wirklich leid, ich wachse noch! Ich brauche meine geregelten Mahlzeiten, und zwar immer umgehend! Also griff ich mit meinen Butter und wurstverschmierten Händen nach der Kanne am anderen Ende vom Tisch. Diese glitt mir na-

türlich durch die Hände und „Knall"! Die Saftkanne plumpste unsanft auf den Esstisch und der Orangensaft schwappte energisch über (kein Wunder bei so viel Vitamin C).

Doch damit natürlich nicht genug. Denn bis jetzt war der Orangensaft nur über Omas Hand, die Butter in Omas Hand und die weiße Tischdecke gelaufen.
Ich war aber so von den schnellen, orangenfarbigen Flecken auf der Tischdecke fasziniert, dass ich ganz verzückt die ihre Entstehung verfolgte und damit die Kanne anscheinend ganz aus den Händen gleiten ließ.
Meine Mutter schrie auf, Oma konnte kaum atmen vor Schreck und Papa schimpfte. Dann sagte er zu meiner Mutter, sie solle mich besser erziehen. Ich sei schließlich ihr Kind.
Das ist immer so eine komplizierte Sache mit den beiden. Die rücken sich das nämlich gerade immer so zurecht, wie sie es brauchen.
Hab ich mal was Tolles zu Stande gebracht, was nicht allzu oft vorkommt, dann nehmen mich meine Mutter oder mein Vater immer ganz fest in den Arm, drücken mich an sich und behaupten, wie toll ich doch sei. Aber kein Wunder, ich sei schließlich ihr Kind.
Hab' ich aber mal was weniger Tolles angestellt, was öfter vorkommt, dann behaupten sie auf einmal, ich sei ja schließlich des anderen sein Kind.

Die können mich doch nicht einfach immer nur abschieben oder annehmen wie ihre Laune ist!
Wo kommen wir denn da hin? Ich werde ja total in meiner Entwicklung aufgehalten, wenn ich nie weiß, wessen Kind ich bin!

Und überhaupt, sie dürfen das machen. Aber wehe ich mache das mal!
Wenn meine Mutter mal wieder etwas verschwitzt, was häufig vorkommt, dann sage ich immer, dass sie das aber nicht

von mir hat. Dann ist das Gezeter aber groß! Von wegen sie akzeptiert das still und leise, so wie ich, weil jede Gegenwehr ohnehin sinnlos ist.

Sie raunzt mich an, ich solle gefälligst nicht so frech sein, sie hat, was auch immer, sowieso nur wegen mir vergessen. Weil ich immer so viel Chaos anrichte. Ich bin es dann also wahrscheinlich auch gerade mal wieder das Kind von meinem Vater.

Egal, das ist auch alles, was es an Chaos bei mir im Leben gibt.

Wobei ich jetzt mal so behaupte, dass mein chaotisches Leben von meinen Eltern herbeigeführt wird. Die sind nämlich schuld an meinem verwirrten Wesen, und nicht die Pubertät, wie sie behaupten.
Ständig hängen sie zurzeit aufeinander und fetzen sich. Ich mache mir so langsam echte Sorgen. Gerade 14 und fast schon Scheidungskind!

Wobei das ja schon sehr alt ist. Bei mir in der Klasse gibt es kaum noch Familien, die in der Originalbesetzung zusammen leben.

Hat aber auch seine Vorteile. Fast jeder behauptet immer, ausgerechnet das Schulbuch, das man mal wieder vergessen hat, liegt bei dem Elternteil, bei dem man ausgerechnet gerade diese Woche nicht lebt. Dummerweise kann man so nicht lernen oder Hausarbeiten machen.

Ich hab das auch mal probiert. Ich hab einfach behauptet, dass mein Englischbuch bei meinem Vater liegt. Meine Lehrerin meinte: „Und?", und sah mich erwartungsvoll an. Ich sie auch. Was wollte sie denn noch hören?!
„Ich wohne diese Woche bei meiner Mutter", meinte ich mit

einem gekonnt traurigen Augenaufschlag. Meine Lehrerin sah mich erwartungsvoll an und meinte schließlich: „Und?". Und nach einer kurzen Pause fügte sie hinzu: „Deine Mutter lebt bei deinem Vater!".

Stimmt ja. So ein Mist. Hatte ich in dem Moment ganz vergessen. Und meine Lehrerin wusste das, da sie mit meiner Mutter befreundet war.

Hab ich noch nie verstanden. Mit einer Lehrerin befreundet zu sein. War meine Mutter denn nie jung?!
Aber so spießig und kleinlich wie sie manchmal ist, glaube ich echt, die ist schon erwachsen auf die Welt gekommen.

Egal, ich muss jetzt Englisch und Mathe pauken. Und mit dem Scheidungskind - man kann ja nie wissen…

Dienstag, der 02. März

Mist. Wieder mal versagt. Wir haben heute eine Matheklausur und einen Englisch-Vokabeltest geschrieben. Gestern wollte ich eigentlich auch lernen. Ich hatte es mir sogar richtig fest vorgenommen. War leider ein etwas schwierigeres Unterfangen.
Erst saß ich im Zimmer auf meinem Bett und wollte lernen. Nach zwei Minuten hatte ich aber schon unglaubliche Kopfschmerzen. Die kurierte ich erst einmal aus, indem ich mich ein bisschen schlafen legte.

Danach würde ich wenigstens fit zum Lernen sein. Ich fühlte mich aber nach meinem Nickerchen wie erschlagen, deshalb ruhte ich mich gleich noch mal beim Lesen aus, damit ich wenigstens etwas Sinnvolleres tue als zu schlafen. Dann fand ich, es sei aber doch mal an der Zeit zu lernen.

Irgendwie war es aber auf einmal viel interessanter, den Verlauf der Muster an der Tapete zu verfolgen. Und als mir dann klar wurde, dass ich ja unbedingt noch meine Emails checken musste, schlich ich mich in das Arbeitszimmer von meinem Vater und surfte durchs Internet.

Hatte natürlich keine Emails. Von wem auch?

Na ja, ich hab jedenfalls nichts gelernt und hab die Klausuren heute mal wieder voll verhauen.
Wenn ich das meinen Eltern beichte, dann geht die Leier, wem-sein-Kind-ich-bin wieder von vorne los.

Dabei sind sie die beiden, die gerade nerven, nicht ich! Die gehen mir gerade zur Zeit voll auf den Geist.
Meine Mutter, weil sie die ganze Zeit meint, mich noch erziehen zu müssen, wobei ich ja wohl mit 14 Jahren eh schon aus dem Gröbsten raus bin, und mein Vater, weil er mich ständig mit so einem Schnösel verkuppeln will.
Nervt mich voll!
Das ist so ein kleiner pickeliger Sohn von seinem Chef. Nur weil der Eierkopf der Sohn des Chefs ist, muss ich ja wohl nicht mit ihm befreundet sein!
Wir sind hier doch nicht mehr im Mittelalter und ich werde ohne Einwilligung verheiratet!
Meine Mutter sagt dann stets zu meinem Vater, dass ich ja wohl noch zu jung sei für einen Freund. Also, so ist das nun ja wohl auch nicht!
Ich könnte durchaus einen haben - wenn ich nur wollte. Ich will nur nicht!

Obwohl ich durchaus bereit wäre!
Aber nur für einen, der nicht ein kompletter Hornochse ist, so wie zum Beispiel die Deppen aus unserer Klasse.

Ein paar von denen sind ja ganz lustig, aber mit der Zeit nervt es doch, wenn sie in der Klasse morgens breitbeinig da sitzen, ganz viel Luft schlucken, um richtig viel pupsen zu müssen und die ausgestoßene Luft anzuzünden, um zu wetteifern, wer die größere Stichflamme schlägt! Also bitte! Pubertärer geht es nicht!

Und wenn wir dann genervt von ihnen sind, dann meinen sie, wir hätten wohl unsere Tage und füllen Tampons mit Wasser auf und schießen sie als Wurfgeschosse durchs Klassenzimmer. Echt erbärmlich!

Allem voran, weil's mir peinlich ist.
Ich hab meine Tage noch nicht, und wenn ich das sagen würde, dann würden sie meinen, ich sei noch ein Baby, und sag ich nichts, dann muss ich mich ständig mit diesen Witzen beleidigen lassen.

Jungs sind echt dämlich!

Marc und Jonathan aus meiner Klasse behaupten das umgekehrt von uns Mädchen. Also bitte, wir tröpfeln keine Bananen mit Wasser und fragen sie, ob sie feuchte Hosen haben - ist aber nebenbei bemerkt eine coole Idee.
Und die Jungs aus unserer Klasse, die nicht die ganze Zeit ihre dumme Klappe aufreißen, sind Streber und haben so einen ekelhaften Flausch auf der Oberlippe, nur weil sie sich noch nicht rasieren wollen.
Ich weiß nicht, ob sie es unmännlich finden, sich zu rasieren, oder ob sie es nicht checken, dass sie sich mal dieses haarige Fell entfernen könnten. Ist auf alle Fälle echt eklig!

Trotzdem, nur weil die Buben aus meiner Klasse dämlich sind, heißt das ja nicht, dass ich nicht bereit wäre für einen Freund!
Da müsste ich vermutlich nur woanders suchen. Wobei Jungs eh alle gleich sind.

Selbst wenn sie eines Tages behaupten, „Männer" zu sein. Im Prinzip bleiben es Jungs, die immer davon träumen Baggerfahrer oder Feuerwehrmann zu werden. Deswegen bleiben Männer auch immer mit ihrem Auto ganz wichtig auf der Straße stehen, um der Feuerwehr im Einsatz Platz zu machen. So in der Art: „Ja Kumpels, gebt schon richtig Gas und rettet die Kinder!". Denn nur weil sie es nicht zur Feuerwehr geschafft haben, heißt das ja nicht, dass sie nicht auch Manns genug wären, um uns arme Geschöpfe zu retten. Dass es sowohl bei der Feuerwehr, als auch bei Polizei und beim Bund mehr und mehr Frauen gibt, finden sie deshalb auch so richtig scheiße. Denn jetzt nehmen wir ihnen auch noch die letzte Männlichkeit weg, die sie noch hatten.

Und im Prinzip sind Männer eh wie Haustiere! Und damit hab ich Erfahrung. Ich hatte schließlich mal zwei Wellensittiche und später Meerschweinchen.
Denen musste ich immer den Käfig sauber machen, das Futter hinstellen und was zu trinken geben, und darauf achten, dass sie wenigstens ein bisschen beschäftigt werden, um nicht ganz
zu verblöden.

Und wenn ich mir jetzt so meinen Vater ansehe, dann muss ich sagen, dass er meinen Meerschweinchen doch sehr ähnelt. Er kommt total erledigt von der Arbeit heim und lässt sich nur noch auf die Couch fallen, was bei meinen Meerschweinchen ungefähr dem gleicht, dass sie, nachdem sie fünf Minuten im Rädchen gedreht haben, danach komplett erledigt im Heu rumlagen.
Weil sie natürlich so erledigt sind, brauchen sie Futter und Wasser. Mein Vater bekommt Bier und ein paar Brote. Und damit er nicht wie ein Meerschweinchen verblödet, schaut er die Tagesschau und danach noch irgendeinen Krimi. Meine Mutter hat selbstverständlich kein Mitspracherecht über das Fernsehprogramm. Er ist schließlich der Chef im Haus.

Außerdem hat er ja den ganzen Tag gearbeitet.

Dass meine Mutter auch Vollzeit arbeitet, nebenbei noch den Haushalt schmeißt, einkaufen geht, putzt, ihm das Essen macht und nebenbei noch die Tochter erzieht, das scheint ihm völlig zu entgehen.

Ich hingegen würde meiner Mutter gerne etwas Arbeit abnehmen. Nicht im Haushalt, aber wegen mir müsste sie mich nicht mehr erziehen!

Ich bin meiner Meinung nach eh schon fertig. Was bis jetzt nicht geregelt wurde, ist eh nicht mehr reparaturfähig...

Egal.

Hiermit habe ich nun auch nur festgestellt, dass ich durchaus einen Freund haben könnte, wenn ich wollen würde, was ich aber nicht will, weil ich nicht weiß, wieso ich mir die zusätzliche Arbeit aufhalsen sollte. Blumen kann ich mir auch selber schenken.

Trotzdem wünsche ich nicht, dass meine Eltern mir da rein reden. Ist immer noch meine ganz eigene Entscheidung, ob ich einen wie den pickeligen Kollegensohn (buh, äh, kotz) treffen will, oder nicht! Basta!

Außerdem will ich mal Kariere machen, ganz viel Geld verdienen, Schriftstellerin werden und ein megagroßes Haus haben, was meine Haushälterin und mein Au-pair Mädchen sauber halten. Dann überlege ich mir das mit den Männern noch mal. Aber so lange mach ich erst mal die Schule, damit aus mir auch was wird!

Mittwoch, der 03. März

Die Schule war heute mal wieder total doof. Erstens waren es nur langweilige Fächer und zweitens war es ein langweiliger Tag und drittens: Ich hab ein langweiliges Leben!!

Ich glaube doch, langsam ich bin in der Pubertät!

Ich steige nämlich gerade um, von Pferdezeitschriften zu Mädchenzeitungen. Und da kommt man sich so verloren vor, wie wenn man versucht, sich die Haare wachsen zu lassen und man hat diese blöden Übergangsfrisuren, die einfach total bescheuert aussehen.

Genauso ist es bei mir auch! Ich weiß gar nicht, wo ich hingehöre. :(
Ein paar Mädchen in unserer Klasse schwärmen für Boygroups - ich nicht. Find ich ätzend. Die Musik ist schleimig und die Jungs haben so viele Haare an den Beinen. Das taugt mir überhaupt nicht!

Das sagt auch Marie. Die ist bei mir in der Klasse und eigentlich ganz in Ordnung. Wir hängen immer zusammen ab.

Eigentlich zwar nur, weil wir beide sonst immer so alleine rum stehen, aber egal.
Neulich kam nämlich Marie zu mir und hat gemeint, sie hätte keinen Bock mehr ständig bei Stefanie rumzuhängen. Die sei so arrogant und eingebildet. Denn wer in Stefanies Clique sein will, muss immer das tun, was sie sagt. Total bescheuert so was.

Bei mir hat Stefanie das auch mal probiert. Wir haben uns dabei schon im Kindergarten nicht verstanden. Ständig hat sie mein Brot gegessen, das mir meine Mutter morgens gemacht hat. Und wer mich kennt, weiß, wie empfindlich ich bin, wenn es ums Essen geht! Einzelkind – da kenne ich nichts. Teilen? Wozu? Kauf dir selber was!

Ich war also jeden Tag so sauer auf sie, dass mir die Tränen kamen. Wie kann man so gemein sein und jemanden immer das Essen klauen? Schlimmer geht's echt nicht! Außerdem waren wir noch im Kindergartenalter – das darf man nicht vergessen. Wer ist da schon so fies?
Sie hat dann jedenfalls immer nur triumphierend mein Brot in ihren Händen gehalten und gelacht und vor allen anderen auf mich gezeigt und gegrölt: „Guck mal, Nati heult schon wieder!". Und die blöden Tanten im Kindergarten haben auch nichts gesagt.

Als sie dann mal wieder mein Brot geklaut hatte, hab ich einfach ihre Kindergartentasche genommen und ins Klo geschmissen und gespült. Gab ′ne Riesenverstopfung und die Tasche habe ich wieder rausfischen müssen. Aber dieses Mal war Stefanie zu entsetzt, um zu triumphieren. Außerdem hab ich ihr die tropfende Tasche ins Gesicht geworfen! Lektion gelernt!

Nach ein paar Wochen hatte sie sich dann aber leider schon wieder von dem Schock erholt und meine Tasche geklaut. Also nicht mehr nur mein Brot, sondern die ganze Tasche! Mit den Süßigkeiten! Das war jetzt echt zu viel! Mein Essen gehört nur mir!

Also hab ich sie einfach aus dem Fenster gestoßen!
Sie stand grad so einladend da, mit meinen Sachen in der Hand und hat sie aus dem Fenster gehalten. Da bin ich einfach hin und hab sie mit solch einer Wucht gestoßen, dass sie kopfüber aus dem Fenster fiel. Da haben dann auch die Erzieherinnen gemerkt, dass Stefanie und ich ein Problem haben.

Hatte ich ja schon vorher gesagt! Das passiert, wenn keiner eine 5-jährige ernst nimmt!

Wobei ich sagen muss, dass der Schlag auf den Kopf und die 3 cm große Platzwunde ihr jetzt auch nicht geschadet haben. Musste übrigens genäht werden.

Ich habe zwar Megaärger bekommen, aber der war es wert. Muss heute noch lachen wenn ich dran denke, wie sie heulend vor dem Fenster stand. War doch nur das Erdgeschoss!

In der Grundschule waren wir Gott sei Dank nicht in einer Klasse, ab der fünften aber schon. Im ersten Jahr haben wir uns noch so einigermaßen verstanden. In der sechsten aber schon nicht mehr. Ich war dann meistens mit Natascha zusammen, aber die ist an Weihnachten umgezogen, und seitdem bin ich eigentlich alleine.
Aber jetzt ist Marie in der Pause öfter bei mir. Denn sie hat ja ohne Stefanie sonst auch niemanden mehr so.

Aber wir treffen uns jetzt nicht so privat. Nur halt in der Schule.

Nicht so wie die anderen, die mittags immer zusammen weggehen. Das machen wir nicht. Ich weiß zwar nicht wieso, ist aber so.
Hm, warum eigentlich?

Wir könnten uns ja rein theoretisch auch mal mittags treffen. Dann müsste ich nicht mehr alleine mit mir in meinem dunklen Zimmer rumhängen, während alle anderen draußen in der Sonne sind und gut aussehen.

Ich könnte Marie ja mal fragen, ob sie Bock hat mit mir mittags wegzugehen.

Wenn sie nicht will, ist sie selber schuld.

Fragen kostet ja nichts…

Donnerstag, den 04. März

Fragen kostet doch was: Überwindung! Vor allem nach der Frage!

Ganz cool hab ich Marie gefragt, ob wir uns vielleicht eventuell mal ganz unkompliziert treffen wollen. Marie hat etwas gelangweilt geguckt. Mir wurde schon ganz schwarz vor Augen und mein Magen hat sich zusammen gekrampft, während ich ganz cool und lässig gewartet habe.
„Können wir schon machen", hat sie sich so rauspressen können.
„Und was?", fragte ich.
„Keine Ahnung".

Na toll, das ist ja super gelaufen!

Wäre es nicht ein Mädchen, dann würde ich glatt behaupten, einen Korb bekommen zu haben. Oder gilt das auch unter Frauen? Ich meine, dass lesbische Frauen sich einen Korb verpassen können, ist klar. Ist ja in dem Moment nichts anderes, als bei Männlein und Weiblein.

Aber gibt's Körbe auch unter einfachen Frauen, die beide auf Männer stehen und sich nur mal kennenlernen wollen? Ich meine, ich kann ja jetzt nicht behaupten zu wissen, ob Marie auf Männer oder auf Frauen steht, aber ich nehme jetzt doch mal stark an, auf Männer.

Wir hatten bis jetzt ja nie so viel miteinander gesprochen, als

dass wir die Vorlieben des anderen kennen würden.
Jedenfalls haben wir dann beide nichts mehr gesagt, und nur noch cool da gestanden.

Dann hat es zur nächsten Stunde geklingelt und ich war richtig dankbar dafür.
Auch wenn es der Gong zur Mathestunde war und ich wusste, dass ich höchstens einen Dreier für die am Montag abgelegte Klausur zurückbekommen würde.

Donnerstag, den 04. März, später

Achja, es ist übrigens ein Vierer!
Und bis jetzt hab ich es zu Hause auch noch nicht gestanden.

Ich bin nämlich gerade heimgekommen, als sich meine Mutter mal wieder fluchend über meinen Vater, mich, die Verwandten und ihr Leben aufgeregt hat. Weil mein Vater die Socken immer überall liegen lässt, ich sowieso immer alles falsch mache, die Eltern von meinem Vater wollen, dass wir uns öfter melden, was eh immer an meiner Mutter hängen bleibt und sie neben dem Fulltimejob Mutter und Hausfrau noch arbeiten geht und wir das alle nicht zu schätzen wüssten!

Also Mutter sein scheint mir doch auch nicht ganz so einfach zu sein!
Ich hab das Schlaueste gemacht, was mir in dieser Situation übrig blieb: Ich hab mich in meinem Zimmer verkrochen. Denn wenn meine Mutter ihren „Ich-ärger-mich-über-die-ganze-Welt-und-wo-ist-der-nächste-an-dem-ich-es-auslassen-kann"-Anfall hat, verdrückt man sich lieber.
Mein Vater fährt dann entweder immer in den Baumarkt

oder macht irgendwelche handwerklichen Arbeit im Keller und hört Radio. Je nachdem ob Samstag ist und er wegfahren kann, oder eben nicht.

Da ich noch keinen Führerschein habe, bleibt mir also nur mein Zimmer.

Und als das nichts genutzt hat, bin ich gegangen. Weil meine Mutter immer wieder rauf in mein Zimmer gekommen ist, um zu motzen, indem sie mir irgendwelche Hausarbeiten aufgedrückt hat oder mir die ungebügelte Wäsche hingeworfen hat, weil sie mir damit demonstrieren wollte, dass sie es nicht nötig hat, mir alles hinterherzutragen. Wundert man sich da, wenn pubertierende Kinder austicken? Also, ob wir nicht genug mit unserem Leben zu kämpfen hätten. Jetzt müssen wir uns auch noch um unsere Eltern kümmern!

Ich hab gesagt, ich geh zu Marie – lernen.

Ich hatte keine Ahnung wohin ich gehen sollte, also bin ich einfach nur so durch die Stadt gelaufen. Dummerweise ist mir natürlich sofort unsere geschwätzige alte Nachbarin über den Weg gelaufen.
Hat mich voll angekotzt.
Sofort wollte sie natürlich wissen, was ich denn mache.
„Ich bin auf dem Weg zu einer Freundin – lernen!". Ganz entzückt schrie sie auf, so dass ich dachte, mir fliegt mein Trommelfell raus.

Ich wusste leider gar nicht, wie ich diese Nervensäge von Frau Nachbarin Else wieder loswerde, denn auch all meine Versuche ihr zu erklären, dass ich jetzt wirklich los musste, verstand sie nicht und plapperte munter drauf los.

Wie viel Glück meine Eltern doch mit mir hätten. Hach! Das sollte sie denen doch mal sagen. Aber wenn sie mit meinen

Eltern redet, dann sagt sie bestimmt was anderes. Zumindest nach meinem Farbunfall!

Ich hatte mir an Fastnacht nämlich die Haare gefärbt. Erst hab ich sie mit so auswaschbaren Grünspray bearbeitet. Hat mir nicht gefallen. Bin in die Stadt gegangen um mir eine andere Farbe zu holen. Hab mich für Pink entschieden.
Hey, es war immerhin Fastnacht!
Außerdem macht Farbe lebendig, und von Lebendigkeit kann ich in meinem Leben ruhig noch etwas mehr brauchen.
Dumm war jedenfalls auch nur, dass ich die Packungsanleitung von diesem blöden Hersteller beachtet habe. Und da stand drin, die Farbe hält nur auf trockenen und ungewaschenen Haaren. Also hab ich das gemacht!

Hab allerdings nicht daran gedacht, dass ich ja noch das Grünspray drin hatte. Es sah jedenfalls am Ende ziemlich vermurkst aus und mein Vater behauptete mal wieder, ich sei die Tochter meiner Mutter und das mit dem Haarfimmel hätte ich von ihr.

Also von einem Haarfimmel bei einmal Haare färben kann man ja wohl noch nicht wirklich sprechen. Außerdem hab ich das nicht von meiner Mutter. Die färbt sich die Haare nur wegen ihrer grauen Haare.
Ich nicht.
Ich färbe sie mir aus Langeweile.
Ich sah jedenfalls dann im Februar so scheußlich aus, dass ich anstatt als fetzige Krankenschwester im Minirock im Punklook gehen musste. Nach Fastnacht wartete jeder gespannt, was ich jetzt mit meinen Haaren machen würde.

Erst hab ich versucht mit Blondiercreme das Ganze zu retten.
Sah scheiße aus.
Wie ein Regenbogen, aber mit den hässlichsten Farben, die

man sich vorstellen kann. Und das hat meinen eigentlich schönen blauen Augen gar nicht gestanden.

Da blieb mir nichts anderes übrig, als die Haare schwarz zu färben.

Seitdem versuche ich zu meiner Ausgangshaarfarbe, die dunkelblond ist, zurückzukehren – was sich als gar nicht so einfach
erweist. Ich färbe sie mir aber jetzt alle zwei Wochen. Ich hab mir deshalb extra eine Mütze gekauft.

Ist nämlich ein ziemlich komplizierteres Unterfangen:

Zuerst kauf ich mir eine Blondierungscreme, so vier bis sechs Nuancen.
Wenn das fertig ist, sehen die Haare mal wieder total beschissen aus.
Dann kommt die Mütze auf. Je nachdem wie hell sie sind, muss ich mir dann ne passende Haarfarbe kaufen. Das erste Mal war es noch dunkelbraun, dann mittelbraun, mittlerweile bin ich immerhin schon bei Rehbraun angelangt. Vielleicht sind meine Eltern deshalb zurzeit so schlecht auf mich zu sprechen?

Immerhin machen dunkle Farben trübe.

Eigentlich könnte ich ja auch die Farbe rauswachsen lassen, das dauert mir aber zu lange. Und abschneiden will ich sie auch nicht. Meine schönen kinnlangen Haare werden nur den Boden fühlen, wenn sie so lang gewachsen sind! Egal.
Vielleicht meinte meine Oma dies ja mit dem Chaos? Meine Eltern müssen echt was mitmachen.
Aber hey, ich bin in der Pubertät! In zehn Jahren werden wir, wenn ich diese Zeit überlebe, mit Sicherheit darüber lachen.

Aber dann kann es unsere Nachbarin ja vorher nicht gerade nett gemeint haben, als sie sagte, dass meine Eltern schon Glück hätten mit mir.
So eine Unverschämtheit!

Mit zusammengekniffenen und blitzenden Augen starrte ich unsere Nachbarin an, während sie mich weiter mit ihrem Geplapper nervte.
Sie würde an meinen Blicken schon sehen, was ich von ihr halte – dachte ich. Sie hielt nämlich plötzlich inne und meinte, ob mir nicht gut sei. Ich hätte so einen glasigen Blick drauf.

Ich kniff die Augen noch mehr zusammen. Es heißt doch: „wenn Blicke töten könnten".

Doch unsere Dorftante kapierte gar nichts und meinte ganz erschrocken: „Oh Kindchen, du hast was im Auge stimmt's?! Warte, ich helfe dir!".

Dann kam der Hammer: Nicht nur, dass sie mich tatsächlich noch für ein Kind hielt und das auch noch auf der offenen Straße zu mir sagte (dabei hab ich schon einen leichten Brustansatz), nein, sie fing auch noch an, mir mit ihren dicken Fingern an den Augen rum zu fummeln.

Dabei hielt sie mit der einen Hand mein Gesicht fest und mit der anderen spreizte sie meine böse guckenden Augenlider auseinander.

„Also ich sehe nichts!", betonte sie, während sie weiter fleißig daran arbeitete, meine Augen erblinden zu lassen.

Ich war gerade dabei aufzugeben und sie in die Nase zu beißen, als ich Marie vorbei gehen sah, mit dem einen Auge halt, was mir noch geblieben war.

Marie schaute verdutzt und grüßte sehr kurz angebunden und lief direkt weiter.

Ich konnte mich aus den Klauen der alten Zicke befreien und rief nach Marie. Zögernd blieb sie stehen und drehte sich um.

„Marie?!", fragte mich meine leider zu aufmerksame Nachbarin.
„Ist das nicht das Mädchen mit dem du zum Lernen verabredet bist?".
„Ähh" stotterte ich dumm vor mich hin.

So eine Blamage!
Was lief Marie auch ausgerechnet in diesem Moment zufällig an unserem Haus vorbei.
Marie legte den Kopf schief und kniff die Augen zusammen. Oh, das sollte sie lieber nicht tun. Die Nachbarin war schwer motiviert doch noch etwas aus einem Auge zu retten, aus wessen auch immer.

Ich wusste nicht, was ich sagen soll, deshalb sagte ich gar nichts.
„Lernen willst du also?", fragte mich Marie.

Wie dumm gelaufen.
Dabei wollte ich Marie eigentlich fragen ob wir an unserem ersten Treffen Inline-Skaten wollen. Aber doch nicht lernen?!
„Na, dann lass ich euch zwei jungen Mädchen mal alleine. Geht nur schön lernen, das wird eure Eltern zur Abwechslung mal wirklich erfreuen.".
Ha! Da war es. Der Satz, mit dem sich Nachbarin Else outete. Jetzt war es klar: Sie hatte mich vorher nur gelobt, weil sie zu feige war, mir ins Gesicht zu sagen, dass sie nicht allzu viel bis gar nichts von mir hält und ihr meine Eltern leidtun!

Ja und, wen juckt's? Mir tun ihre Kinder auch leid und keinen interessiert es. Als die Tussi endlich weg war standen Marie und ich blöd auf der Straße rum. Wir waren ja gar nicht für heute verabredet und nun standen wir unschlüssig rum, im kalten März.

Schließlich fragte Marie mich, ob wir zu ihr gehen. Ich nickte. Eigentlich hatte ich keine Lust. Erstens, weil Marie immer so lahm ist und zweitens, weil sie anscheinend wirklich lernen wollte.

So bin ich jedenfalls neben Marie zu ihr nach Hause gelaufen. Marie wohnt in der Nachbarschaft, also war´s wenigstens nicht weit.

„Hatten wir nicht morgen ausgemacht?", fragte sie mich unterwegs.
Ja schon, aber ich konnte ich ihr ja wohl schlecht erzählen, was vorgefallen war. Die würde ja sonst was von mir halten.

Ich erzählte Marie ganz genau, waspassiert war, mit meinen Haaren, der Nachbarin und dass ich davon ausgehe, dass meine Nachbarin als Lehrerin arbeiten muss, niemand sonst kann so doof sein.
War ein Schuss in den Ofen. Maries Vater ist Lehrer.

„Aber der ist auch doof" meinte Marie plötzlich und fing an zu lachen. Endlich. Sie kann doch lachen! Ich hatte die Hoffnung schon fast aufgegeben!
Und sie hat ja richtige Zähne! Das konnte ich bisher noch nie so genau erkennen, weil Marie sonst nie lachte.

Kurz vor ihrem Haus sagte sie dann plötzlich, dass sie es echt voll nett fände, dass ich ihr beim Lernen helfen würde. Sie sei schon voll deprimiert, weil sie nur noch schlechte Noten bekäme.

Dabei war sie früher echt mal ganz gut. Weiß ich auch noch. Sie hatte immer Einsen. Jetzt nicht mehr.

Der Mittag war dann aber echt lustig.
Wir haben zusammen Deutschhausaufgaben gemacht, für die Klausur morgen Geschichte gelernt und Kakao getrunken.

Maries Mutter hat mich dann noch heimgefahren, weil es schon ziemlich spät war und sie genauso Angst hat wie meine Mutter, wenn ich alleine durch die Stadt laufe.
Zu Hause angekommen war meine Mutter zuerst sauer, aber ich war so zufrieden mit mir und dem Leben, dass sie das selbst bemerkte und mich später, nachdem sie geschimpft hatte, ganz lieb in den Arm nahm, mich drückte und mir sagte, dass sie mich ganz doll lieb hat.

Jetzt war ich wohl gerade wieder nur ihre Tochter…

Freitag, den 05. März

Bis jetzt war es heute echt wieder ein cooler Tag.

Vorhin war Marie bei mir und wir haben noch mal zusammen gelernt. Aber nicht so lange. Jetzt geht's schon los.
Wir verstehen uns nämlich eigentlich jetzt schon ganz gut, und dann lernt man nicht mehr so viel, sondern quatscht nur noch.
Unsere Noten werden wohl dieselben wie bisher bleiben.
Aber wichtiger ist doch sowieso, dass man glücklich ist. Und das ist man ganz bestimmt nicht durch Noten. Vielleicht doch, aber nicht durch Lernen, und das hängt leider wohl oder übel zusammen.
Meine Mutter war aber heute echt ganz cool drauf. Sie hat uns heiße Schokolade mit Sahne gemacht. Damit wir Kinder

besser lernen können, wie sie sich ausdrückte.

Da haben wir es wieder: Kinder! Ich bin 14! Kein Kind mehr!

Wenigstens war sie seit langem mal wieder zufrieden mit mir. Die Orangensaftaktion mit meiner Oma war damit fast schon wieder vergessen. Dann kann ich also langsam mit der Beichte der vier in Mathe rausrücken.
Total bescheuert, dass wir immer die Klausuren von den Eltern abzeichnen lassen müssen. Als ob wir nicht schon genug Probleme mit unseren Erzeugern hätten.

Als ich wieder oben in meinem Zimmer war, sah Marie irgendwie nicht mehr so begeistert aus und ich fragte sie, ob sie keinen Kakao mag.
Marie schaute mich mit großen Augen an. „Doch!", sagte sie energisch.
Und leise fügte sie hinzu: „Sehr sogar.".

Ich wusste nicht was ich sagen sollte. Marie sah schon wieder so niedergeschmettert aus. Lag es an mir? Bin ich ihr vielleicht zu uncool?

Coolness war bis jetzt ja noch nie Gesprächsthema bei uns. Stefanie war schon immer 'ne doofe Zicke, die Jungs dämlich und ich sowie ein paar andere halbwegs normale, normal eben. Aber Jonathan hat heute gesagt, dass die Mädchen in unserer Klasse eh alle total uncool wären. Aber er selber! Ist ja selbst gerade mal 15 geworden. Und nur weil sein Vater ihm jeden Morgen die Haare stylt und er sie immer so geschnitten bekommt wie David Beckham, heißt das noch lange nicht, dass er selbst cool ist. Bis jetzt ist das ja wohl nur sein Vater!

„Deine Mutter ist cool", meinte Marie auf einmal und riss mich aus meinen Gedanken.

Hä?
„Meine ist nicht so – nicht mehr."
Marie sah echt traurig aus.
„Wieso?", fragte ich sie. Mehr fiel mir dazu wirklich nicht ein.

Wieso nicht mehr? Mütter waren schon immer uncool!

„Seit sie und mein Vater sich getrennt haben, läuft es bei uns zu Hause nur noch scheiße. Sie streiten sich jedes Mal, wenn sie sich sehen. Und damit das nicht mehr so häufig vorkommt, wollen sie sich nicht mehr so oft sehen. Und das bedeutet dann wiederum, dass ich mich ganz schön bescheuert fühle. Mein Vater will mich also wegen meiner blöden Mutter nicht mehr sehen. Toll oder?"
Die Frage hatte sehr ironisch geklungen. Ich weiß zwar noch nicht viel vom Leben, aber das ist etwas, das lernt man schnell. Wenn meine Mutter fragt, ob ich meine Hausaufgaben gemacht habe, dann sage ich auch immer: „Ja klar!". Ich hab sie natürlich nicht gemacht.
Und dann sagt meine Mutter immer, das hätte ich ja wohl ironisch gemeint. Denn sie weiß irgendwie ganz genau, dass ich sie nicht gemacht habe. Und somit bedeutet Ironie, dass man etwas sagt und das Gegenteil meint. Ich finde, ich bin für meine 14 Jahre ganz schön gebildet.

„Egal", meinte daraufhin Marie.
„Lass uns weitermachen.", und damit schnappte sich Marie das vor ihr liegende Geschichtsbuch und blätterte sehr interessiert alle Seiten durch (das war ironisch).
„Sie ist eigentlich schon cool.", hörte ich mich da über meine Mutter sagen.

„Ja genau, komm, drück ihr ruhig noch eins rein", dachte ich im selben Moment.
„Andererseits ist sie auch sehr nervig. Andauernd motzt sie

rum. Und sie streitet sich ständig mit meinem Vater, wem sein Kind ich denn nun wäre. Je nachdem was ich halt angestellt habe.", sagte ich dann.
Marie schaute plötzlich auf und sah mich an: „So hat es bei uns auch angefangen.".

Dann verfiel sie wieder in ihr Schweigen. Und mir ist seitdem schlecht. Jetzt werden sich wohl meine Eltern doch scheiden lassen. Scheiße! Jetzt will ich es gar nicht mehr! Ich mach auch jeden Tag meine Hausaufgaben und lerne wie der Teufel. Aber lieber Gott, lass meine Eltern sich nicht scheiden!

Freitag, den 05. März, später

Ich Eierkopf. Jetzt ist mir gerade eingefallen, dass ich ja ganz vergessen habe zu schreiben, warum es heut ein ganz cooler Tag war. Marie hat mich heute gefragt, was ich morgen mache. Ich hab mit den Schultern gezuckt.

Was sollte ich denn schon am Samstag machen? Früher war ich immer noch mit meinen Freundinnen Fahrrad fahren gewesen, wir waren Jungs fangen oder haben unsere Puppen gekämmt. Aber dafür sind wir jetzt zu erwachsen. Außerdem habe ich keine Freundinnen mehr. Stefanie ist schuld daran.

Sie hat Maike, Ulli und Sandra gesagt, die früher meine Freundinnen waren, dass ich die ganze Zeit nur über die beiden lästern würde. Das hat natürlich nicht gestimmt. Aber die blöden Hühner haben das natürlich dieser Gans Stefanie geglaubt und ich hock jetzt ohne Freundinnen da.

Das heißt: bis jetzt.
Vielleicht hab ich ja jetzt wieder eine?
Denn Marie hat mich heute gefragt, ob ich morgen mit ihr

in die Disko will.

Ich hab sie ungläubig angestarrt, genickt und gleichzeitig gesagt: „Da kommen wir doch noch gar nicht rein!".

Marie hat mich angeschaut, dann voll losgeprustet.

Und unter ihrem Gekicher hab ich was von Jugenddisko rausgehört.
Geht von fünf Uhr bis neun und ist im Jugendtreff. Ob ich nicht Lust hätte, mit ihr hinzugehen.

Lust schon, nur, ich hab auch eine Mutter!

Ich hab mit Marie ausgemacht, dass ich erst fragen muss.

Marie hat gesagt, ich solle meiner Mutter sagen, dass dort schließlich auch Aufsichtspersonen rumlaufen. Hat mir zwar schon fast wieder den Spaß an der Freude genommen – immerhin will ich, wenn ich schon mal weg darf, so richtig auf den Putz hauen!
Aber was soll`s. Riskieren wir´s.

Freitag, der 5. März, nochmals später

Also, ich bin zu meiner Mutter in die Küche. Es ist Freitagabend, da kocht sie oft was Schönes. So als Einstimmung aufs Wochenende. Ich bin zu ihr in die Küche geschlichen und hab sie ganz lieb in den Arm genommen und meinen Kopf auf ihre Schulter gelegt. Darauf reagieren Mütter immer! Egal, was wir angestellt haben. Wenn wir Kinder unsere Eltern freiwillig in den Arm nehmen, ohne, dass sie uns vorher dazu auffordern mussten, dann sind sie immer ganz glücklich.

Gut, Basis geschaffen.

Das Kind das erste Mal ausgehen zu lassen ist nicht einfach für eine Mutter. Besonders, wenn es eine Tochter ist. So wie in meinem Fall. Also, ich, ganz „gute Tochter", hab ihr beim Tischdecken geholfen.
Ich hab nicht mal nachgefragt, ob ich helfen soll, sondern einfach geholfen.
Gibt noch mal extra Punkte, wenn man selbst sieht, was im Haus zu tun ist.

Den Tisch also gedeckt, dass Essen gegessen und hundertfach, aber nicht zu übertrieben, gelobt, meine schlechte Mathenote natürlich verschwiegen und anschließend ganz freiwillig und ohne zu murren beim Abwaschen geholfen.

Wir haben zwar eine Spülmaschine, aber Holzkochlöffel, das Silberbesteck und die Töpfe dürfen da nicht rein. Wäre mir zwar egal, aber an diesem Abend ist es nicht sinnvoll zu diskutieren. Ich wollte sie schließlich für mich gewinnen.

Während ich also die Teller gründlich abgetrocknet hatte und meiner Mutter so langsam die Gesprächsthemen über ihre Arbeit und die Nachbarn ausgegangen waren und aus mir zum Thema Schule auch nichts mehr rauszuholen war, entschied ich, dass sie langsam soweit war.

Sie hatte sich mal wieder richtig aussprechen können, war also dementsprechend ausgeglichen genug, um mein Vorhaben in die Tat umzusetzen:

„Du Mama, morgen ist übrigens ein Treffen von der Klasse!", sagte ich so nebenbei.
Man muss einer Mutter stückchenweise die Forderung präsentieren. Würde ich fragen, ob ich morgen in die Disko darf, hätte ich mir schon eine Moralpredigt über mein Alter, die

Gefahren da draußen in der bösen, weiten Welt und meine schulischen Leistungen anhören können. Selbst wenn ich gesagt hätte, dass es sich um einen Jugendtreff handelt.

Also, Schritt für Schritt.

„Trefft ihr euch zum Lernen? In der Schule?".
Tss, ja genau! Am heiligen Samstag treffen wir uns zum Lernen in der Schule. Ganz freiwillig!
Ich weiß nicht, ob meine Mutter jemals in der Schule war? In meiner mit Sicherheit nicht!
Aber egal, darum geht's ja nicht. Ich hatte ihr Interesse geweckt, dabei nicht zu viel. Sie war noch nicht umgefallen vor Begeisterung, sondern hörte zu und spülte nebenbei ab.
Perfekt! Genau nach Plan!

„Nee, im Jugendtreff. Wir wollen einfach mal außerhalb der Schule was machen. Um uns einfach auch mal privat besser kennen zu lernen!".
Bei dem Wort Jugendtreff war meine Mutter schon hellhörig geworden. Jugendtreff? Ich war immer noch Kind! So denkt sie jedenfalls.

„Vielleicht lernen wir dann auch mal zusammen", sagte ich.
„So wie die in der anderen Klasse".
Perfekt. Das war mir gerade erst eingefallen.
Aber wenn sich alle anderen Klassen auch treffen, ist es nichts Ungewöhnliches mehr.
„Marie geht auch", führte ich noch hinzu.

Ich wusste, wie froh meine Mutter war, dass ich nun ein bisschen mit Marie zusammen war. Da würde sie nicht so schnell einen Rückzieher machen. Wenn auch noch Vorsicht geboten war. Noch war sie nicht überzeugt. Jetzt war sie doch gespannt, was für eine Veranstaltung das sein sollte.

Deshalb sagte ich auch gleichzeitig, ganz cool und ohne von meinem jetzt schon übertrockenen Teller aufzuschauen: „Ist nichts Besonderes. Morgen Nachmittag halt bis abends!".

So, Pause. Jetzt musste ich ihr Zeit geben, um diese Informationen erst einmal zu verdauen.

„Und von wann bis wann soll das gehen?", fragte sie.
„Ähm, ich glaub so von fünf Uhr an!", antwortete ich so, als ob ich es nicht ganz so genau wüsste, weil das ganze jetzt ja nicht wirklich eine große Sache ist und mich das gar nicht so interessiert und sie sich deshalb eigentlich auch keine Sorgen machen musste.

„Und wer ist da dabei?", fragte sie noch, während sie schon begann, die Herdplatte abzuwischen. Gutes Zeichen, sie hatte mir meine Gleichgültigkeit abgenommen.
„Na, die aus meiner Klasse, ein paar aus der Parallelklasse und die Betreuer vom Jugendtreff!".
Ich räumte die Teller in den Schrank.

Jetzt bloß keinen Fehler mehr machen. Die Katze war fast schon im Sack, jetzt musste er nur noch zugeschnürt werden. Ein Fehler, und alles war kaputt.
Auf gar keinen Fall mehr das Thema wechseln lassen, sonst müsste ich ja noch mal anfangen und das würde dann echt schwierig werden.

„Ich hab eigentlich auch gar keine große Lust, aber es gehen alle. Und Marie hat mich gefragt ob ich mitkomme. Und deshalb würd' ich halt schon gerne gehen", sagte ich.
So, der Augenblick der Wahrheit war gekommen. Eigentlich müsste es klar gehen.
„Wie lange willst du denn da bleiben?", fragte sie.
Jetzt bloß keinen taktischen Fehler mehr machen. Ich bin ja nur ein Mitläufer. Es ist ja nicht so, dass ich jetzt ausziehen

wollen würde. Das muss sie kapieren, dann geht's klar.

„Na ja, die anderen werden alle um neun Uhr abgeholt, soweit wie ich das jetzt mitbekommen habe!", antwortete ich während ich den Tisch abwischte.

„Na, da müssen wir halt gucken, ob der Papa und ich dich abholen!".

Juhu, das hat ja fabelhaft hingehauen!

Jetzt bloß nicht komplett ausrasten, sonst würde sie es sofort checken, dass ich einer strengen Taktik gefolgt bin.
Ich musste mich jedoch ziemlich beherrschen, um nicht gleich vor Freude in die Luft zu hüpfen, sondern das Handtuch ordentlich zusammen zu legen und dann ganz cool zu sagen: „Ja, cool. Schauen wir halt mal, wer mich dann abholen kann!".
Das hatte ja ganz fantastisch geklappt!
Ich bin so gut!!!

Seitdem sitze ich jetzt schon auf meinem Zimmer und blättere die Kataloge meiner Mutter durch, um zu schauen, was ich anziehen könnte, bei meinem ersten Diskobesuch.
Aber so wie es sich im Moment abzeichnet, wird die Kleiderwahl durchaus schwieriger, als die Überredenstaktik zu entwickeln, die bei meiner Mutter zieht…

Samstag, der 6. März

Heute Morgen habe ich erst mal das Unmögliche getan: Ich bin mit meiner Mutter zum Wochenendeinkauf gegangen!
Aber nur aus dem Grund, dass ich mir am Kiosk so viele Mädchenzeitschriften wie möglich kaufen kann. Meine Mut-

ter war ganz begeistert, dass ich sie freiwillig begleiten wollte. Sonst muss sie mich immer zwingen mitzugehen. Ich hab dann immer die allseits beliebte Ausrede, dass ich ja noch sooo viel lernen muss.

Aber so hab ich mich ganz freiwillig mit ihr durch den Getränkeladen geschwitzt, an den Tiefkühlsachen vorbeigefroren und am Süßigkeitenstand vorbeigehungert. Meine Mutter kennt aber auch wirklich kein Erbarmen.

Zu Hause angekommen war ich so müde, dass ich am liebsten gleich wieder ins Bett gefallen wäre. Aber da war nichts zu machen. Nicht als ob ihr heute schon genug geholfen hätte, indem ich ihr meinen Beistand beim Einkaufen gegeben hatte, nein, ich sollte auch noch beim Zubereiten vom Mittagessen helfen. Gut, ich hatte ihr beim Einkaufen auch nicht wirklich beigestanden. Ich hab die ganze Zeit bloß rumgemeckert, wann wir denn endlich wieder zu Hause sind. Egal.
Nach dem Mittagessen war ich so müde, dass ich sofort schlafen wollte. Meine Mutter wollte aber erst, dass ich ihr beim Abwasch helfe. Wo bitte ist hier die Gerechtigkeit? Ich bin noch im Wachstum, ich brauche meinen Schlaf. Das sind echt anstrengende Samstage. Da gehe ich ja lieber noch in die Schule!

Schnell hab ich alles in die Spülmaschine gepfeffert, den Tisch abgeputzt und mir dann noch eine Standpauke von meiner Mutter anhören müssen, dass ich gefälligst nicht immer ihren guten alten Kochlöffel in die Spülmaschine räumen sollte, denn der geht da drin nur kaputt.
Ist ja gut, kaufen wir halt einen neuen. Daraufhin hab ich gleich noch mal einen Anschiss bekommen. Dass sie ja schließlich arbeiten geht und das ihr Geld ist, das ich da zum Fenster raus werfe. War ja toll gelaufen!
Ich bin total entnervt, müde und unglücklich in mein Zimmer hoch gelaufen.

Jetzt mal ehrlich, ich glaube gar nicht mehr, dass Kinder die Pubertät haben, sondern die Eltern. Das ist nur ein Ablenkungsmanöver. Sie behaupten wir sind schwierig, damit sie in Ruhe rummotzen können. Ich war total frustriert. So frustriert, dass ich angefangen hab zu heulen.

Meine Mutter kam kurze Zeit später wieder zu mir. Sie sah mich so aufgelöst und hat sich entschuldigt. Na also, geht doch!
Ich war aber immer noch total deprimiert. Ich hab ihr gesagt, dass ich keine Freunde mehr habe. Aber das hat sie ja längst schon mitbekommen und sich genug Sorgen gemacht. Sie sagte, ich hätte doch jetzt Marie.
„Ja und? Wenn sie nun mal krank ist, bin ich wieder alleine!", erwiderte ich.
Meine Mutter musste lächeln.
„Du findest schon noch wieder ein paar Freunde, glaub mir. Man bekommt von Gott immer jemanden an die Seite gestellt.", sagte sie altklug.
„So wie Du Papa?", fragte ich sie.

Jetzt wollte ich es wissen. Meine Mutter schaute verwundert. Dann stiegen mir plötzlich unermesslich viele Tränen in die Augen.
Ich stürzte mich schluchzend in meine Kissen und heulte: „Ich will nicht, dass du und Papa euch scheiden lasst!".
So, jetzt war es raus. Meine Mutter sagte zuerst gar nichts. Ich spürte richtig ihre Betroffenheit.
„Wie kommst du denn darauf?", fragte sie mich.
„Wieso denn nicht?", heulte ich ins Kissen zurück.
„Du motzt ihn ständig an. Mit mir motzt du auch ständig. Und andauernd schiebt ihr es euch gegenseitig in die Schuhe, wer hier mein Erzeuger ist – als ob das nur einer wäre. Ihr seid das doch schließlich beide! Oder?", fragte ich sie unsicher.
Also wenn nicht, dann zieh ich sofort aus!

Meine Mutter stiegen die Tränen in die Augen.
„Oh Süße, das tut mir so leid. Das wollte ich nicht – ich meine, das wollten wir nicht!".
Meine Mutter war wirklich sehr betroffen. Sie entschuldigte sich noch tausendmal bei mir. Das bringt mir auch nichts, wenn sie sich scheiden lassen wollen! Aber von Scheidung sei überhaupt keine Rede, versicherte sie mir.
Gut, soll ich ihr jetzt glauben. Meine Mutter strich mir eine Haarsträhne aus dem Gesicht.

„Papa und ich haben zurzeit unsere Probleme. Aber das kriegen wir schon wieder hin!".
Damit drückte sie mich noch mal und schickte mich unter die Dusche. Ich solle schließlich später nach was aussehen, wenn ich das erste Mal in den Jugendtreff gehe.
„Ja!", schluchzte ich.
„Es ist eine Art Jugenddisko heute Abend. Und ich habe überhaupt nichts zum Anziehen!", heulte ich hysterisch.
Ich weiß manchmal echt nicht woher es kommt, aber auf einmal war die Welt wieder so beschissen, dass ich nur noch heulen konnte.
Meine Mama meinte aber, ich solle jetzt erst mal unter die Dusche gehen und mich beruhigen, sie würde mich dann schon schminken und mir was Cooles zum Anziehen raussuchen.
Na gut, so scheiße ist diese Welt doch nicht.

Sonntag, der 7. März

Als ich nach einer langen wohltuenden Dusche gestern wieder rauskam, hatte meine Mutter mir schon ein echt cooles Outfit zusammengestellt. Ich wusste gar nicht, dass man aus meinen alten Fetzen was Ordentliches rausbringt.
Sie gab mir nämlich noch so einen coolen alten Hüftgürtel

von ihr und legte mir ganz leicht einen blauen Lidschatten auf die Augenlider und fuhr mit so einem Lipliner die Konturen meiner noch sehr schmalen Lippen nach. Wenn die nicht mal wachsen, lass ich sie mir aufspritzen.
Ich wollte noch so schwarze Ränder um die Augen haben, hat meine Mutter aber nicht erlaubt.
Hatte ich aber in einer meiner Zeitschriften gelesen. Das betört die Jungs!
Meine Mutter meinte, ich hätte ja wohl noch mein ganzes Leben dafür Zeit und ich solle lieber meine Kindheit mit meinen Freundinnen genießen. Haalloo?! Nur weil sie gerade Probleme mit meinem Vater und schon mit 25 Jahren geheiratet hat, muss ich ja jetzt wohl nicht solo bleiben bis ich 30 bin!
Jedenfalls sah ich echt gut aus und war startklar. Meine Mutter drückte mich bevor ich flüchten konnte noch mal fest an sich. Okay, jetzt war wieder gut.

Zu meinem Vater, der gerade zufällig über den Flur lief, sagte sie, ob ich nicht unglaublich gut aussehe, und ob er nicht auch wie sie, sehr stolz auf mich sei. Er sah sie verdutzt an, sie sagte mit ihrem Blick, dass sie keinen Widerspruch duldete und er meinte, sicher, er wäre verdammt stolz auf mich und gab mir einen Kuss auf die Stirn.
Mein Vater steht nicht so auf der Leitung wie unsere Nachbarin!
Damit bin ich abgerauscht.

Mit Marie hab ich mich am Stadtbrunnen getroffen, von da aus sind wir zum Jugendtreff gelaufen.
Die blonde hohle Nuss Stefanie und meine Ex- und ihre Freundinnen waren auch da und sind gleich auf uns zu gekommen. Ob wir Außenseiter uns jetzt zusammen tun würden.
Stefanie nervte und mich nervte noch mehr ihre blöde Anspielung auf meine Beziehung zu Marie: „Weißt du, norma-

lerweise geben wir uns mit so einem Kindergarten wie hier gar nicht ab! Und gerade eben ist mir wieder eingefallen warum", damit machte ich noch einen Schritt auf Stefanie zu, so dass ich ganz nahe vor ihrem Gesicht stand.
„Weil du einfach keine Klasse hast!".
Keine Ahnung woher ich auf einmal den Mut hatte!
„Komm Süße", meinte ich zu Marie.
„Lass uns ein paar Martinis süffeln und Männerhintern begrapschen!".
Das hab ich aus der Lieblingsserie meiner Mutter. Da sind vier Freundinnen, die immer Martini trinken, in New York leben und andauernd andere Männer haben.

Dummerweise wollten die uns aber an der Bar keinen Martini geben. Nur Cola. Na ja, besser als nichts.
Marie war total begeistert davon, wie ich das alles hinbekommen hatte. Sie war richtig aus dem Häuschen und den ganzen Abend gut gelaunt. Wir haben aber nicht so viele Männerhintern gesehen. Erstens, weil es bis auf die Jugendbetreuer, die uns zu viel Bart hatten, keine Männer gab und zweitens, weil wir die ganze Zeit total toll gequatscht haben. Über die Schule, Lehrer, Stefanie und ihre blöden „Freundinnen" und über Mathe. Als wir dabei waren, uns gegenseitig Bruchrechnen zu erklären, weil die eine jenen Teil und die andere nur den anderen Teil kapiert hatte, musste ich plötzlich an unseren Mathelehrer Schulz denken. Ich musste lachen, als Marie mir grad den Trick mit dem Kürzen verraten hat.
„Was ist denn los?", fragte sie. „Das stimmt schon was ich sage!".
„Glaub ich", grinste ich.
„Aber jetzt stell dir doch bitte mal vor, was Schulz sagen würde, wenn der wüsste, dass wir hier am Samstagabend das 1. Mal   miteinander aus sind, und dann uns gegenseitig Mathe erklären!". Ich schaute Marie mit großen entsetzten Augen an.
Jetzt musste sie auch grinsen.

„Schule ist eh dämlich!", lachte sie.
„Dem stimme ich voll zu!".
Wir stießen darauf mit unserer Cola an und fanden, dass wir in dem Schuppen die Coolsten waren.
Denn während wir uns über Gott, die Welt und die Schule unterhielten, glotzte Pute Stefanie die ganze Zeit nur dämlich rüber. Also hörten wir auf, uns gegenseitig Mathe zu erklären, sondern lästerten über Stefanie und ihr Gefolge. Da haben wir auch mehr lachen müssen, als bei Mathe.
War echt total schade als es Zeit war zu gehen. Ich war nur froh, weil wir dann endlich aus Stefanies Blickfeld verschwunden waren. Wenn Blicke töten könnten, wäre ich jetzt zumindest schon ohnmächtig.

Montag, den 8. März

Wir haben eine neue in der Klasse. Sie heißt Nina, hat lange, blonde Haare und ist schon etwas älter als wir. Sie ist neu hier hergezogen. Und sie ist nicht gerade ein Ass in der Schule. Behauptet sie jedenfalls. Oft sind das ja die Besten. Aber Nina musste letztes Jahr an ihrer alten Schule eine Ehrenrunde drehen und jetzt ist sie eben schon 15.
Sie sieht auch schon anders aus. Irgendwie schon sehr reif. In der Pause hat sie dann mit Lilly zusammen rumgestanden. Die ist bei uns in der Klasse, genauso brünett wie Marie, hat nur blonde Strähnchen und ist eigentlich ganz lustig.

Stefanie wollte jedenfalls zu Nina gehen, um mit ihr zu reden. Aber Lilly kennt Stefanie und ihre blöden Sprüche auch. Stefanie würde Nina nur so lange akzeptieren, bis sie uninteressant wird und sich Steffi nicht unterwirft. Lilly ergriff sofort die Flucht als sie Steffi auf sie zukommen sah und steuerte in ihrer Not auf mich und Marie zu. „Hey", sagte sie so locker, als wäre es selbstverständlich, dass wir zusammen quatschen.

„Hey", sagten Marie und ich genauso locker zurück.
„Hey", sagte Nina.
War ja eine Wahnsinnsunterhaltung.
Doch dann nahm Nina die Unterhaltung in die Hand. Die kann vielleicht plappern!

„Also, ihr seht echt nett aus! Was macht ihr denn so immer an den Wochenenden? Und an den Nachmittagen nach der Schule? Trefft ihr euch eigentlich auch mal so zum Eis essen? Ich liebe Eis! Aber man nimmt davon so zu! Da muss man wohl oder übel die Fettpölsterchen mit Sport bekämpfen! Macht ihr Sport?
Vielleicht könntet ihr mich ja mal mitnehmen?
Also nur wenn ihr Lust habt, nicht dass ihr nachher das Gefühl habt, ich würde euch was aufzwingen. Was macht ihr denn für Sport? Ich war früher immer Rollerblades. Jetzt hab ich aber Inliners. Das können wir ja mal ausprobieren wenn ihr Lust habt. Lernt ihr eigentlich auch zusammen? Da habt ihr einen enormen Vorteil. In einer Gruppe zu lernen ist viel einfacher. Und wenn es die richtige Gruppe ist, dann kann man sich gegenseitig auch viel besser motivieren. Sagt meine Mutter jedenfalls immer. Sie ist so voll auf einem Motivationstrip. Damit haben meine Eltern nämlich wieder die Kurve gekriegt. Wollten sich schon fast scheiden lassen.
Dann hat sich meine Mutter gesagt, entweder, sie kann sich jetzt gehen lassen und verliert alles was sie hat. Nämlich ihr Selbstbewusstsein, ihr Leben und den Mann, oder, sie reißt sich jetzt am Riemen und zeigt was in ihr steckt.
Dann ist sie jeden Morgen joggen gegangen, ist zur Psychologin und hat ein Buch über Männer geschrieben. Jetzt sind sie so glücklich wie kurz nach der Hochzeit. Krass oder?"

Wo nimmt die die Luft her?

Marie, Lilly und ich hatten aufmerksam zugehört. Auf was sollten wir jetzt eigentlich antworten? Nur auf die letzte oder auf alle Fragen? Ich wusste gar nicht mehr alle. Und Nina selbst bestimmt auch nicht. Ist das dann so wie bei Mathe? Eine Frage ist Plus. Dann noch ne Frage bleibt Plus, kommt ne Antwort dazu, gibt es Minus und die nächste Frage muss ich dann wieder beantworten. Ist das so? Hab ich vielleicht zu viel Mathe gelernt die letzten Tage?

Es klingelte. Konnte es sein, dass Nina die ganze Pause von 15 Minuten geredet hatte?
Ich war verwirrt.
Ich bin jetzt noch ganz verwirrt, wenn ich darüber nachdenke.
Wir haben dann jedenfalls beschlossen, uns morgen zum Inline-Skaten zu treffen. Heute hatte Nina keine Zeit, sie muss ihrer Mutter noch helfen, die Exklusivexemplare ihres Motivationsbuches in das neue Haus zu räumen.

Mittwoch, den 10. März

Gestern waren wir skaten. War wirklich lustig. Und informativ. Marie und ich haben festgestellt, dass Skaten etwas ist, was wir beide gerne machen. In Zukunft wird es dann wohl nicht mehr so schwer sein, eine gemeinsame Beschäftigung zu finden.
Wir können dann ja auch Nina und Lilly mitnehmen. Die sind echt lustig. Nina ist eh der Hammer.

Es waren auch Jungs auf dem Platz, wo wir skaten waren, und die haben die ganze Zeit Witze über uns gemacht.
Nina hat gemeint, dass seien eindeutig Komplimente.
„Jungs lachen dich aus – und finden dich toll! Jungs machen Witze über dich – sie finden dich sehr toll! Jungs machen dich vor anderen fertig – das ist eine offene Liebeserklärung!".
„Hast du das aus dem Motivationsbuch von deiner Mutter?"

fragte ich sie.
„Nein" tat sie ab.
„Das ist eine alte Frauenweisheit – vom Dalai Lama!" fügte sie hinzu.
„Das ist aber ein Mann!" klärte ich sie auf.
„Na und wenn schon. Er hat halt den Durchblick. Er lebt doch in Askese. Das bedeutet, er darf sich nur als Zwitter fühlen. Und das ist sein Glück. Denn da kann er sowohl die Männer als auch die Frauen beurteilen!".
Ich glaube Nina hat da was durcheinander gebracht. Aber ich hab nichts mehr gesagt. Sie hat so einen Unterton in der Stimme, der keine Widerrede duldet.

Stefanie kam uns dann zu Fuß (wie uncool!!) entgegen. Im Anhang natürlich ihr Gefolge. Nina hatte sofort gecheckt, was mit der Tussi falsch läuft – alles!
Sie hat dann aber ganz lieb zu Stefanie „Hallo!" gesagt, und da konnte Steffi nichts dagegen einbringen. Aber sie war schon ziemlich sauer, dass sie jetzt nicht ein Kopf größer war dank Skates.
Tja, selber schuld. Wäre sie ein bisschen freundlicher, dann hätte sie jetzt auch Freundinnen. Obwohl, habe ich Freundinnen? Sind Nina, Marie, Lilly und ich jetzt befreundet? Bis jetzt waren wir ja nur einmal zusammen skaten. Ich glaube, ich sollte nicht so viel darüber nachdenken, denn jetzt fühl ich mich schon wieder total einsam. Buhu, ich muss heulen. Außerdem schreiben wir morgen schon wieder einen Vokabeltest. Frau Mahlzahn kriegt wirklich nie genug. Hatte wahrscheinlich eine verkorkste Jugend, jetzt muss sie uns unsere auch vermiesen. Und eigentlich heißt sie auch gar nicht Mahlzahn. Sie heißt Schneider. Aber Lilly hat gemeint, dass sei viel zu nett für so ein Biest. Wir haben dann angefangen uns Namen auszudenken. Dabei kamen echt komische Sachen raus. Aber wir haben uns für etwas Humanes entschieden. Damit, wenn es rauskommt, wir nicht allzu viel Ärger kriegen. Dabei mussten wir die ganze Zeit kichern.

Ich bin natürlich erwischt worden und muss jetzt vier Seiten Strafarbeit abliefern. Wieso passiert mir nur so was immer? Alle machen Quatsch und ich krieg's ab. Diese Ungerechtigkeit ist echt zum Kotzen.

Donnerstag, den 11. März

Juhu, alles in Butter. Meine Strafarbeit war Spitzenklasse. Ich musste vier Seiten aus dem Englischbuch abschreiben. Unglaublich sinnvolle Strafarbeit..
Ich hatte gestern die ganze Zeit verständlicherweise überhaupt keinen Bock darauf und versuchte mich natürlich mal wieder zu drücken. Ich hab Mickey Mouse gelesen. Plötzlich klopfte es an meiner Zimmertür. Es klopft nie an meiner Tür!
Meine Mutter klopft nicht, mein Vater kommt nie in mein Zimmer, der schreit immer nur nach mir und dann muss ich kommen, und wenn meine Oma da ist, kommt meine Mutter. Also, wer klopfte da?
Es waren Lilly, Marie und Nina. Letztere hatte nämlich die glorreiche Idee, mir bei der Strafarbeit zu helfen. Denn schließlich seien wir ja alle daran schuld. Also hat jede eine Seite geschrieben und ruck, zuck waren wir fertig. Dann hab ich meiner Mutter ihre Lieblingspralinen geklaut, uns Kakao gemacht und wir haben cool rumgesessen und gequatscht.

Meine Mutter hat sich voll gefreut, als sie nach Hause gekommen ist.
„Hast du jetzt doch noch ein paar Freundinnen gefunden?", fragte sie mich in der Küche, als ich gerade den Kakao holen wollte.
Keine Ahnung!
Ich weiß ja gar nicht, ob wir schon Freundinnen sind. Und so hab ich nur mit den Schultern gezuckt und zufrieden gelächelt. Meine Mutter hat auch gelächelt und mich an sich

gedrückt. Sie ist seit unserer Auseinandersetzung am Samstag wirklich sehr anhänglich und sensibel geworden.

Zurück im Zimmer haben wir Mädels dann ein paar Zeitschriften durchgearbeitet. Die, die ich mir am Samstag gekauft habe, um mir ein paar Stylingtipps abzugucken. Als Nina das hörte, leuchteten ihre Augen auf.
„Das machen wir! Wir gehen am Samstag alle zusammen in die Disko. Und vorher treffen wir uns alle und stylen uns!"
Das war mal ein Vorschlag!
Darauf haben wir glatt mit unseren Kakaobechern angestoßen.
Um uns schon mal richtig drauf einzustimmen, lasen wir alle möglichen Horoskope und versuchten diese dann so zu deuten, dass uns das Horoskop so passt, wie wir es wollten.
Es war gestern echt saucool.
Nina ist Löwe und ihr wurde eine ausgeprägte Eitelkeit und ein sehr großes Selbstvertrauen bescheinigt - wie wahr. Doch sei sie mit ihrer Eitelkeit zu sprunghaft und könne so nicht die Liebe des Lebens finden.

„Quatsch, Liebe des Lebens!" polterte sie.
„Ich bin doch nicht sprunghaft! Ich bin experimentierfreudig! Wie soll ich denn bitteschön die Liebe des Lebens finden, wenn ich die Liebe mit all ihren unangenehmen und megageilen Seiten nicht kennengelernt habe. Also ich bin eindeutig fürs Springen. Ich habe alle Voraussetzungen für die Liebe des Lebens!".
Gut, damit war Ninas Leben gerettet.
Marie ist Stier. Sie isst gerne, ist ein Sturkopf, neigt zum Zunehmen, hat von Natur aus eine weiblich-runde Figur und ist sehr zielstrebig, und vor allen Dingen: Die perfekte Hausfrau!
Weil sie nämlich vielseitig ist und Kinder, Ehe, Haushalt alles perfekt meistert.
Marie bekam Kulleraugen als Lilly ihre sternzeichentypischen Eigenheiten vorlas.

„Hausfrau! Na super, wozu gehe ich denn dann in die Schule". Marie war entsetzt.
„Hey, das ist doch toll!" freute sich Nina.
„Du bist die ideale Karrierefrau und eine extrem sexy Tante noch dazu!".
Interessiert schauten wir Nina an. Das sollte sie doch bitte noch ein bisschen weiter erläutern.
„Na pass auf: Du hast weibliche Kurven - darauf stehen echte Männer! Du bist eigen und hast einen starken Willen, das wird dich stark machen und dir ermöglichen, alles zu erreichen, was du dir erträumst. Und dass du die ideale Hausfrau sein kannst, weil du so hingebungsvoll mehrere Dinge gleichzeitig erledigen kannst, heißt doch nur: Du hast die Chance, den perfekten Mann zu finden, weil du eine sexy Karrierefrau bist, die nebenbei auch noch Haus und Familie schmeißt! Mensch, besser kann man's doch gar nicht treffen. Ich wünschte ich hätte dein Sternzeichen!".

Nina lächelte überzeugend zufrieden. Und Marie platze fast vor Stolz und war gleichzeitig so verlegen, dass sie rot wurde und sich die Haare immer wieder aus dem Gesicht strich, selbst als sie schon alle hinter den Ohren waren.
Nun war Lilly an der Reihe. Sie hat im Oktober Geburtstag, ist also Waage. Waagen sind unausgeglichen, wollen heut dies und morgen das. Und für ihre Gesundheit brauchen sie Harmonie. Waagefrauen sind wählerisch, sie selbst aber sprühen vor Charme und Esprit, auch wenn die Laune ganz schnell wieder in den Keller sinkt, sind sie aber der Männerschwarm!
Hier musste nicht mal Nina viel hinzufügen. Lilly ist also von Natur aus unausgeglichen, wird aber keine Probleme mit Männern haben. Super, dann haben wir eine, die uns Ratschläge geben kann.

Nun las Marie mein Horoskop vor: Wassermann! Ich habe am 31. Januar Geburtstag und muss so meistens im Schnee

feiern.
Marie las vor: „Wassermann-Frauen haben seltsame Vorahnungen und eine lebhafte Phantasie."
Also, das kommt hin. Ich wusste gleich, dass ich den Englisch Vokabeltest in den Sand setzen würde, selbst als wir ihn noch gar nicht geschrieben hatten! Vorahnung!
„Für sie ist der Fortschritt das Erstrebenswerteste, eine materialistische Denkweise verpönt".
Dem kann ich nur zum Teil zustimmen. Weiterkommen ist gut, aber wieso denn nicht ein bisschen mit Kohle? Ich will schließlich nicht nur berühmt, sondern auch reich werden!
„Die Wassermann-Frau ist sprunghaft und wechselt daher gerne ihre Wohnungseinrichtung. Sie neigt zum lauten Diskutieren und streitet sich auch mal gerne. Doch sie ist sehr hilfsbereit und sie kann wunderbar über sich selbst lachen. Das macht sie so einzigartig. Sie ist immer gerecht. Doch sie wartet ewig auf den Richtigen. Doch wenn sie ihn gefunden hat, ist sie treu. Langeweile sollte bei ihr aber nicht aufkommen, denn dann neigt sie gerne wieder zur Sprunghaftigkeit und kauft nach dem Boot die Golfausrüstung!". Aha, also doch materialistisch. Die wissen ja auch nicht, was sie schreiben!
„In diesem Monat kann die Wassermann-Frau auf ihren Traummann stoßen, er kann die große Liebe sein - wenn sie sich nur einlässt, und ihn vor allen Dingen sieht. Denn sie ist ihm vermutlich schon längst begegnet!".
„Uuuhhh", grinsten Lilly und Nina.

„Los, sag schon!", forderte mich Nina auf.
„Wer ist es?".
„Keine Ahnung! Niemand! Ich kenne keinen Jungen, der mir gefallen würde!". antwortete ich ehrlich. Stimmt auch, ich kenne keinen! Justin Timberlake zählt ja nicht, außerdem ist er auch zu alt, auch wenn er noch so jung aussieht.
„Ein Skorpion käme durchaus in Frage, steht hier noch!", las Marie noch vor.

„Also weder kenne ich einen Skorpion in meinem Alter, noch überhaupt einen Jungen, der in Frage kommen würde. Ich würde sagen, wir konzentrieren uns lieber auf Samstag! Vielleicht treffen wir ja alle unsere Traummänner!", versuchte ich abzulenken.
Ich gehe zwar nicht von meiner eigenen Vermutung aus, aber ich hatte auch echt keine Lust, mir weiter anzuhören, wer für mich in Frage kommen würde. Nicht, dass sie mich später noch mit einem der beschränkten Jungs aus unserer Klasse verkuppeln wollen. Kotz!
Aber mein Plan hat funktioniert und passend für das jeweilige Sternzeichen kauften wir in der Stadt für jede von uns noch den passenden Lidschatten. Jeder hat nun mal seine Farben - und wir wollen ja vorbereitet sein für Samstag...

Freitag, den 12. März

Der Vokabeltest bei Frau Schmalzmahlzahn (wir haben den Namen nach dem Test erweitert) ist natürlich mal wieder nicht so toll gelaufen. Haben ihn heute schon wieder zurückbekommen. Lilly ist gar nicht so schlecht. Sie hat ne zwei minus. Marie ne drei plus, ich ne drei minus und Nina ne vier minus. Ist aber auch unfair. Das Mädel ist noch nicht mal ne Woche da und muss schon Tests schreiben. Und dann auch noch in Englisch. Wo doch bewiesen ist, dass die deutsche Jugend kaum noch ihre eigene Sprache kann. Egal.
Nina fand es zwar süß, dass ich mich so für sie echauffierte (wieder ein Fremdwort gelernt), aber sie hat es eigentlich nicht interessiert.

„Kinder, heute beginnt das Wochenende!", triumphierte sie.
„Ja und?", fragten Lilly, Marie und ich gleichzeitig zurück.

Wochenenden waren bis jetzt immer langweiliger geworden.

Als Kind kann man sich vielleicht noch darauf freuen. Aber als Teenie, wenn man noch keinen fahrbaren Untersatz hat und stattdessen im Haushalt helfen muss, dann ist das nicht gerade eine enorme Steigerung zu den vorhergehenden Schultagen. Im Prinzip haben wir Schüler ab 13 also gar nicht frei. Wir müssen immer arbeiten! Sieben Tage die Woche!
Egal.

Jedenfalls zeigt uns Nina nun die große weite Welt. Denn sie hat echt Erfahrung.
Sie hat uns erzählt, dass sie sogar schon geküsst hat. Und zwar Harald. Ist zwar ein komischer Name für einen Jungen, aber sie hatten das ganz cool geregelt. Sie nannten ihn einfach Harry. Und mit Harry war Nina auch noch zusammen. Mann, ein fester Freund!

Uns blieb glatt die Torte im Mund stecken. Ich war so geschockt, dass ich noch nicht einmal bemerkte, dass mir die Sahne vom Kakao an der Nase hängen blieb. Fiel mir erst dann auf, als Marie sie mir lachend von der Nase weg schlug.
Ich weiß gar nicht, was man mit einem festen Freund macht!
Nina lächelte erwachsen und meinte: „Kind, das wirst du schon noch heraus finden!".
Marie, Lilly und ich starrten sie ungläubig an.
Jetzt redet sie schon wie meine Oma, dachte ich nur.
In dem Moment prustete Nina aber los und lachte sich halb tot.
Und mitten in diesem Gegacker konnte ich hören, dass sie meinte, sie wüsste es selber nicht.

War echt ein cooler Tag gestern. Und heute Abend gehen wir ins Kino. Und morgen in die Disko. Mann, mein Leben hat richtig Farbe bekommen.

Samstag, der 13. März

Also, gestern Abend sind wir ja ins Kino gegangen. In so eine Komödie mit einer Blondine, die immer nur Pink trägt. Hat mir voll getaugt. Den anderen auch. Es war sooo cool. Wir haben die ganze Zeit vor lauter Begeisterung für den Film gar nicht die Klappe halten können. Und immer nur ganz verzückt rumgeschrien, wenn mal wieder die Blonde so herrlich blond war. Na ja, die lauteste war dabei wohl Nina. Aber sie hat uns schwer motiviert auch zu johlen. Wir sind fast rausgeschmissen worden.
Ninas Mutter hat uns abends vom Kino abgeholt und ist dann mit uns noch zu McDonald gefahren. Ninas Mutter ist ja sooo cool. Sie sieht auch noch ziemlich gut aus, also für ihr Alter. Ich hätte nichts dagegen, wenn ich später auch mal so aussehen würde. Wir haben dann alle so ein kleines Menü und ein Eis bekommen. Sieht so aus als hätte Ninas Familie Geld.
Kein Wunder, wer ein Motivationsbuch über Männer schreibt, kann bestimmt seinen Banker zu einigem an extra Kohle überreden.
Als ich heimgekommen bin, wurde meine gute Stimmung allerdings schnell getrübt. Meine Mutter sah ganz verheult aus und mein Vater saß wie immer im Wohnzimmer und hat Fernsehen geschaut. Sie hat mir aber nicht sagen wollen, was los ist, sondern wollte nur ganz genau wissen wie es im Kino und so war. Sie hat gesagt, sie freut sich sehr für mich, dass ich nun wieder ein paar Freunde hätte. Ich freu mich aber nicht für sie, wenn sie so traurig ist.

Heute Morgen bin ich dann sehr überrascht gewesen als ich aufgewacht bin. Es war nämlich schon fast elf und meine Mutter hatte mich noch nicht aus den Federn geworfen. Ich wusste ja gar nicht, dass ich so lange schlafen kann!

Ich bin sofort die Treppen runter und hab geschaut ob sie

noch da ist, oder ob sie uns vielleicht verlassen hat. So was kommt schließlich immer wieder vor!
Sie war jedenfalls noch da und eigentlich relativ gut gelaunt, für die verheulten Augen am Vorabend jedenfalls.

Mittags hab ich dann meine Zeitschriften durchgeblättert, um ein passendes Outfit zu finden. Kam nix bei raus. Mir hätte zwar schon vieles gefallen, aber ich kann ja jetzt schlecht in die Nobelboutique nach London fliegen, die unter den Outfits angegeben ist.
Meine Mutter kam zu mir ins Zimmer und musste lachen, als sie mich so auf dem Boden sitzen sah, umgeben von all den Frauenratgebern.
„Es ist ein Drama und ein Witz", begann sie ihren mütterlichen Vortrag. Ich schaute sie skeptisch an. So schlimm bin ich ja wohl auch wieder nicht!
„Dein Outfit und dein Styling", fuhr sie fort.
Hey, ich finde ich sehe ganz passabel aus. Meine Haarfarbe ist doch auch schon wieder besser geworden. Außerdem geht sie schließlich mit mir immer zum Klamottenkaufen.
„Das wird noch eine ganze Weile dauern!".
 Hä? Von was um Himmels willen spricht sie da?

„Weißt du, meine Kleine, du kommst jetzt in eine schwierige Phase". Jetzt erst?
„Das dauert nicht nur die Pubertät über an, so lange, bis sich dein Körper zu einer Frau gemacht hat. Es dauert wesentlich länger, sich auch so zu fühlen – sich selbst zu fühlen. Die nächsten drei Jahre wirst du uns bestimmt noch öfter mit verschiedenen Looks überraschen und wir werden auch nicht immer begeistert sein und dir auch die eine oder andere Standpauke halten. Du wirst Jungs mitbringen, die uns nicht gefallen. Du wirst verliebt sein und Liebeskummer haben. Du wirst einen Job oder ein Studium suchen, nicht wissen, was du machen willst und überhaupt nicht wissen, was du eigentlich im Leben willst. Und da bist du schon weit über

16.".

Na toll, wunderbare Aussichten. Wieso wollte ich nur jemals alt werden?

„Aber irgendwann wirst du einfach über die Straße laufen und dir denken, dass du auf einmal du selbst bist. Es ist nicht so, dass es knall macht und du bist eine tolle, junge, attraktive und erfolgreiche Frau. Aber auf einmal kommt der Moment, da wirst du feststellen, dass du für dich selbst schon lange in Ordnung bist. Und, dass du sehr glücklich bist mit dem, was du hast. Dann bist du erwachsen."
Aha!
„Aber auch dann wird es immer wieder Veränderungen in deinem Leben geben, die dich dazu zwingen, dich zu bewegen. Du musst dir nur selbst treu bleiben, auch wenn du manchmal Wege gehen musst, die du nicht verstehst oder die dir zu schwierig erscheinen."
Sie machte eine kurze Pause und schaute mich eindringlich an. Ich sah mit großen Augen zurück. Und was heißt das jetzt?
„Du wirst mal ein ganz tolle Frau sein!", sagte meine Mutter mehr zu sich selbst als zu mir.
„Und ich hoffe, ich werde dich noch sehr lange auf deinem Weg begleiten können.".
„Mama", meckerte ich. Ich hasse es, wenn sie so theatralisch spricht.

Was macht man mit so einer sensiblen Mutter? Außerdem will ich überhaupt nicht darüber nachdenken, was wäre, wenn sie nicht immer da wäre. Mein Vater könnte mir wohl kaum Schminktipps geben.

„So, und jetzt suchen wir mal ein paar schöne Sachen für euch raus!".
Damit wuschelte sie mir noch einmal über den Kopf und

ging in ihr Zimmer.

Jetzt sitz ich hier, frisch gewaschen und warte das sie kommt.

Sonntag, der 14. März

Meine Mutter kam mit einem Pack alter Klamotten und tausenden Lippenstiften wieder.
„Ich dachte immer, ich hebe das mal auf. Man weiß ja nie, was wieder Mode wird. Auch wenn Papa deswegen immer geschimpft hat – ist doch cool oder?", grinste sie mich stolz an.
War echt cool. Marie, Lilly und Nina waren auch begeistert, als sie später kamen. Bis dahin hatte ich schon ein paar Outfits ausprobiert. Manches war echt cool, anderes ging gar nicht. Die Röcke und Oberteile haben mir echt gut gepasst. Aber meine Mutter hat immer entzückt aufgeschrien hatte, wenn ich eine Hose anhatte, die mir nur bis zum Fußknöchel ging und damit Hochwasser hatte.
„Das ist doch gar nicht wahr! Die passt doch wie angegossen. Du kannst doch nicht nur mit Hosen rumlaufen, bei denen der Bund im Dreck hängt!".
„Doch, ist Mode!".
„Das ist nur in dem Alter Mode!", kommentierte meine Mutter.
„Dann hast du das also auch so getragen?", fragte ich sie grinsend.
„Es waren halt die 80er.", hörte ich sie nur nuscheln.
Wie geil, meine Mutter als Hippie.

Aber was die früher mit den Gürteln hatten, ist mir echt ein Rätsel. Die ganze Zeit hat sie meine Outfits mit einem Gürtel ÜBER dem T-Shirt und in der TAILLE und nicht auf dem

Becken umgewickelt. Geht's noch?
Also das Styling überließ ich doch lieber jemand, der in diesem Jahrtausend lebt.

Als die Mädels kamen, übernahm Nina dann aber unser Styling und meine Mutter ließ uns alleine.

Nina sagt, Volumen im Haar sei die Schönheitsregel Nr.1. Nur wer tolles Volumen am Haaransatz hat, hat ein tolles Gesicht!
Also haben wir alle versucht, uns etwas Volumen ins Haar zu zaubern. Wir haben darin allerdings noch nicht sehr viel Übung.Marie hat sich die Haare mit großen Wicklern eingerollt, allerdings haben die sich so verwurschtelt, dass wir die dicken Dinger kaum mehr wieder raus bekommen hätten.
Nina hat sich die Haare mit einem Kamm toupiert, Lilly hat versucht, sie mit Wasser hoch zu kneten, was nicht geht, da Wasser schwer ist und die Haare noch mehr an die Kopfhaut drückt, (Lilly sah zum Schießen aus, wie sie sich darüber geärgert hatte).
Ich hab mir die Haare kopfüber mit Haarspray hochtoupiert. Der Ansatz war voll toll, die Spitzen nicht – waren total verknotet. So schlimm, dass ich sie hätte waschen müssen, um wieder durchzukommen. Hatte ich aber keine Lust drauf. Hab dann die Haare zu einer Hochsteckfrisur umgeformt und muss ehrlich sagen, das sah wirklich spitze aus.

Als wir die Treppen runter sind kam meine Mutter uns schon entgegen. Sie hat sich gefreut wie ein kleines Kind und gemeint, wir sollen schnell mal mit in die Küche kommen. Dort hatte sie ein Tablett mit Sektgläsern stehen.
„Da ist nur ganz wenig Sekt drin. Aber das gehört sich so, wenn echte Ladies auf die Piste wollen – ist eine alte Tradition von uns.".
Ja perfekt! Wer kann schon behaupten, so eine Mutter zu haben?!

Meiner Mutter ist zwar offensichtlich noch nicht klar, dass wir mit 14 noch überhaupt keinen Alkohol trinken dürfen, aber wir haben natürlich nichts gesagt, sondern unsere Gläser glücklich an uns gerissen.
Gut gelaunt und leicht beschwipst sind wir also losgezogen. Ich hab aber die anderen noch darum gebeten, es nicht gleich jedem zu erzählen, also, dass meine Mutter uns zum Trinken verführt und so.
Ich hab wirklich keine Lust nachher im Jugendheim aufzuwachsen, jetzt, wo gerade alles so gut läuft.

In dem Jugendtreff waren Frau Gans Stefanie und ihre Küken natürlich auch wieder da. Und diesmal hatten sie sich auch so viel Mühe geben sich zu stylen. Aber sie hatten keine Chance gegen uns. Wir sahen viel besser aus und haben auch viel mehr zusammen gelacht. Steffi und ihre Glucken haben nur dumm rumgestanden und böse zu uns rüber gezickt. Wir haben halt einfach mehr Charisma und das wirkt auf Jungs immer wieder positiv – sagt Nina, hat sie von ihrer Mutter.
Aber wir sind wohl echt ganz gut angekommen. Denn die Jungs aus unserer Klasse und die aus der Parallelklasse haben die ganze Zeit nur über uns Witze gemacht.
Ist ein sehr gutes Zeichen!
Nina hat sich sofort Jonathan ausgeguckt. Kann ich überhaupt nicht nachvollziehen. Jonathan ist ein totaler Hornochse. Aber ich hab nichts gesagt. Sie wird schon wissen was sie tut.

„Ich weiß überhaupt nicht, was ich tun soll", meinte Nina ständig.
„Wieso?", fragte Marie.
„Jonathan ist schon toll. Aber wenn ich jetzt mit ihm gehe, dann kann ich nicht mehr so oft bei euch sein, denn eine Beziehung verlangt sehr viel Arbeit und Zeit!".
Ich sah sie bewundernd an.

„Aber was ist mit Harry?" wandte Lilly ein.
Ja genau, Harry. Mit dem ist Nina schließlich zusammen!
„Ach was, papperlapapp, zusammen! Ich bin 15. Da findet man doch nicht die Liebe seines Lebens! Außerdem wohnt er zu weit weg. Und schließlich muss man sich entwickeln und die Hürden im Leben erkennen und nehmen.".
Na, wenn Männer solche Hürden sind, dann übe ich lieber schon mal Hochsprung!

„Ich hab's!". In Ninas Augen blitzte es bedenklich auf.
„Ihr braucht einfach alle einen Freund. Dann haben wir unser Problem gelöst!".
Ich verschluckte mich voll an meiner Cola light (Coca Cola sollten wir nicht mehr trinken – schadet der Figur, sagt Nina).
„Freund?!".
„Klar", bestätigte Nina fröhlich meine Frage.
„Freund! Wir alle!", betonte Nina.
„Woher?", fragte Marie.
Darauf wusste Nina nun auch keine Antwort.
„Da fällt mir schon was ein!".

An diesem Abend aber nicht mehr. Nina hat allen Ernstes versucht, uns unter die Haube zu kriegen. Wir haben vorgeschlagen. mit wem uns Nina verkuppeln darf. Aber sie hat leider die Handynummer von Justin Bieber nicht mehr, Liam Hemsworth ist ihr Ex-Freund, den dürfen wir nicht haben, und Robert Pattinson sei ein Säufer.

Nina stand dann aber den ganzen Abend da und hat überlegt, mit wem sie uns verkuppeln kann, dass sie glatt Jonathan vergessen hat. Und ich kann's ja nicht beschwören, aber ich bin mir ziemlich sicher, dass Jonathan die ganze Zeit zu uns rüber geschaut hat. Ob der was mitgekriegt hatte?
Ich wollte nicht, dass Nina sich Gedanken macht, deshalb habe ich nichts gesagt.

Aber ich bin mir schon ziemlich sicher, dass er zu ihr geschaut hat. Vielleicht dachte er, dass wir sie mit ihm verkuppeln wollen. Denn irgendwann hat er mich immer so dämlich angeschaut, vielleicht lag das aber auch daran, weil ich die ganze Zeit zu ihm geschaut habe und ihn das irritiert hat und er hat deshalb nur geschaut weil ich geschaut habe. Egal.
Wie dem auch sei, ich bin mir, wie gesagt, nicht sicher. Vielleicht schielt er auch und hat die ganze Zeit zu Stefanie und ihren dämlichen Küken geglotzt, denn die war so eifersüchtig auf unsere Runde, dass sie die ganze Zeit so laut über uns gelästert hat, dass jeder das mitbekommen hat.
Wie beschränkt es doch wäre, einen auf „Gossip Girl" machen zu wollen und „Männeraufreißerinnen zu spielen", wie sie sich ausgedrückt hatte. War ja wohl ein Witz.
Ich hätte ihr am liebsten eine runtergehauen.
Nina meinte aber, ich solle das lassen. Obwohl Marie und Lilly mir helfen wollten.
„Männer stehen zwar auf Zickenkämpfe", meinte Nina dann.
„Aber wenn wir als unantastbare Siegerinnen da stehen wollen, was für uns mit unserer Intelligenz und Ausstrahlung gegen diese hohle Nuss wohl kein Problem sein dürfte, dann machen wir gar nichts. Die setzt sich schon von selbst in dieses Loch!", analysierte Nina die Situation.
„Welches Loch?", fragte ich Nina.
Nina grinste und beugte sich verschwörerisch zu uns.
„Ins Loch der dämlichen Zicken!".
Das war so blöd, dass wir uns mega darüber amüsiert haben. Als Stefanie an uns vorbei gelaufen ist, haben wir nur hysterisch geschrien: „Pass auf, das Loch, das Loch, das Loch!".
Stefanie ist erst voll erschrocken, dann wusste sie gar nicht, was jetzt eigentlich los ist und hat nur so was von sauer zu uns rüber gegafft, so dass wir noch mehr lachen mussten.
Und Jonathan hat meiner Meinung nach nur dämlich geschaut, aber er hat geschaut! - Glaub ich. Ob ich's Nina sagen soll?

Montag, den 15. März

Ich war mit den Mädels heute Mittag im Café. Bei uns gibt es am Markplatz eine Eisdiele und direkt nebenan ein Café, wo man immer irgendeinen aus unserer Schule trifft. Die beiden Lokalitäten sind nämlich die einzigen, in denen man in unserem Alter hingehen kann. Alles andere ist absolut lahm und vor allen Dingen nicht angesagt.
Wir also, ganz Frauen von Welt, haben jetzt ein neues Stammcafé. Und da waren wir heute. Ich glaub zwar nicht, dass ich da jeden Tag nach der Schule hindarf, weil erstens meine Mutter das nicht erlaubt, mein Notendurchschnitt durch Cafégetratsche deutlich sinken würde und ich keine Kohle habe, um so oft auszugehen, aber egal.

Nina hatte selbst am nächsten Tag im Cafe keine bessere Erklärung als: „Nehmen wir halt das Nächstliegende. Versuchen wir es mit Jungs von unserer Schule!".
Wir haben sie entsetzt angeschaut. Was will sie machen? Jungs in unsere Schule zaubern? Da gibt es nämlich keine. Nur Deppen.

Ich war so geschockt, dass ich ihr gar nichts von Jonathan erzählen konnte. Ich bin jetzt erst mal damit beschäftigt, mich selbst von den Deppen fernzuhalten. Und das beinhaltet nun mal, die Beziehung zwischen Jonathan und Nina auf keinen Fall zu fördern. Wenn die beiden nämlich nicht zusammen kommen, müssen wir anderen uns auch nicht mit Jungs beschäftigen. Also, wozu Nina Hoffnung machen und mir mein, im Moment doch grad so lustiges Leben, zerstören!
Ich hasse nämlich Jungs. Ich find sie wirklich dämlich. Was will ich denn damit?!!

Dienstag, den 16. März

Gibt nix Glanzvolles zu erzählen heute. Wir haben uns ein paar Jungs aus der Schule angeschaut, war natürlich nix dabei. Ich find Jungs, wie gesagt, eh doof. Und dann soll ich sie küssen. Igitt, dieses Zeug da mit der Zunge find ich so was von eklig. Ich küss noch nicht mal meine Mutter gerne. Und das ist ohne Zunge und nur ein Mutter-Tochter-Ding.
Stattdessen habe schon wieder ne 3 zurückgekriegt. In Mathe.
Da war ich auch schon mal besser. Mathe liegt mir eigentlich. Zurzeit allerdings nicht. Liegt vielleicht an der Pubertät. Ich werde mich dafür einsetzen, dass es in meinem Zeugnis vermerkt wird: „Eigentlich ist Nati ganz hervorragend in der Schule, allerdings ist sie gerade in Pubertät. Wir bitten Sie darum, alle schlechteren Noten als drei als eins zu bewerten."
Hach, das wär's.

Mittwoch, den 17. März

Ich hab mich heute schon kaputt gelacht. Nina meinte, ob wir nicht unseren Mathelehrer Schulz vielleicht süß finden könnten. Der sei doch ganz passabel. Immerhin erst 30. Bestes Alter. Außerdem hat sie keine Lust ewig auf uns zu warten. Sie verliert schon das Interesse an Jonathan.

Donnerstag, den 18. März

Jonathan ist so was von doof. Sogar oberdoof. Diese Torfnase sitzt nun neben mir im Unterricht! Ich saß bis jetzt die ganze Zeit alleine. Weil ich früher nämlich neben Ulli saß, mit der verstehe ich mich ja aber nicht mehr. Steffi hat nämlich der

Ulli gesagt, sie solle sich gefälligst woanders hinsetzen, ich hätte einen schlechten Einfluss auf sie. Bitte. Seitdem schreibt Ulli aber nur noch Vierer. Geschieht ihr ganz recht!

Jedenfalls sitzt Marie hinter mir neben Heike. Heike sagt aber nie was. Deswegen wollte ich eigentlich, dass Marie sich neben mich setzt. Denn rechts neben mir am nächsten Tisch sitzen Nina und Lilly. Aber das geht jetzt nicht mehr, weil dieser Blödmann von Jonathan nun neben mir sitzt. Und das nur, weil er seine Klappe nicht halten kann.

Herr Schulz, mein Klassenlehrer meinte, er habe nun die Faxen dicke von Jonathan und Marc, die sitzen nämlich zusammen und machen nur Quatsch. Schulz meinte, auch die anderen Lehrer seien schon total genervt von den zwei Eierköpfen. Na ja, so wortwörtlich hat er das nicht gesagt, aber gemeint hat er es bestimmt genauso! Ich hab mich jedenfalls voll aufgeregt und die ganze Zeit mit ihm gestritten.

Er wollte nämlich die ganze Zeit, dass ich seine blöden Briefchen an Marc weitergebe. Hab ich zuerst auch gemacht. Dann hab ich ihm eins gegeben für Nina. Er hat gemeint, er sei doch kein Mädchen, dass jetzt auch noch Briefchen weiterreichen soll.

Ich dachte mich wirft es rücklings wieder um. Bitte?! Er hat doch die ganze Zeit rumgeschrieben! Ich hätte ihm am liebsten eine gescheuert. Man sollte mich niemals reizen. Dann könnte ich aus der Haut fahren und irgendwann werde ich das bei dem Esel ganz gewiss auch machen.

Als er dann wieder einen Brief weiterschicken wollte, hab ich einfach so getan, als würde ich ihn nicht hören. Er ist total ausgeflippt und hat mich mit dem Ellenbogen in die Seite gerammt. Vollidiot! Später wollte er dann auch noch von mir abschreiben. Der kann ja gar nichts! Na gut, außer Chemie und Physik und so ein Scheiß. Ich hab ihn nicht abschreiben lassen!

Soweit kommt's noch! Und außerdem, was denkt sich der

dämliche Schulz eigentlich? Soll Jonathan doch sein eigenes Leben und seine schulische Karriere mit Marc versauen, aber mich gefälligst dabei aus dem Spiel lassen. Jetzt muss ich leiden, nur weil diese Null neben mir sitzt. Zum Kotzen diese Ungerechtigkeit. Was findet Nina nur an dem Fratzengesicht?
Ich hatte auch erst total Schiss, dass Nina nun sauer auf mich ist, weil ich jetzt neben Jonathan sitze und sie ihn doch gut findet. „Was? Sauer, wegen Jonathan? Ach, dieser Kindskopf! Nein, ich finde Marc ist viel interessanter!". Alles klar.
„Ich hab ihm vorhin ein Briefchen geschrieben. Bis jetzt hab ich noch nichts von ihm gehört. Er hat es noch nicht jedem erzählt. Das ist ein gutes Zeichen!", eröffnete sie uns.
„Ich dachte, wenn er sich über dich lustig macht, dann ist es ein gutes Zeichen?!", wiedersprach ich. Aber Nina meinte, es gäbe Jungs, die nicht so schnell denken. Na gut, wenn sie meint..
Ich habe jetzt auch wirklich andere Probleme. Wie bekomme ich diese Nervensäge von Jonathan wieder los???

Freitag, den 19. März

Hach, diese Schule nervt. Auf einmal ist so viel los bei mir, da kann ich mich nicht auch noch auf die Schule konzentrieren. Heute in einer Woche will unser Physiklehrer eine Klausur schreiben. Und Herr Walther kam heute in der Pause rein, um uns zu sagen, dass wir uns auf die Chemiestunde am Montag vorbereiten sollen, er würde ausfragen. Toll, das Wochenende ist gelaufen. Wir Mädels machen heute Abend auch nichts zusammen. Lilly muss mit ihren Eltern essen gehen. Bleib ich halt zu Hause und schau Fernsehen. Heute kommt wenigstens ausnahmsweise mal was Anständiges.

Samstag, den 20. März

Ich war heute mal wieder mit meiner Mutter einkaufen. Hab immerhin was Anständiges zum Anziehen bekommen. Meine Mutter hat mir eine echt coole Jeans gekauft, und ich hab drei neue Sweatshirts und Westen bekommen. Die sind echt schön. So langsam füllt sich mein Kleiderschrank mit annehmbaren Dingen.
Was wir heute Abend machen, weiß ich noch gar nicht. Und morgen hat auch keine Zeit. Marie ist morgen bei ihrer Oma, Lilly will lernen und Nina weiß bisher genauso wenig, was sie morgen machen will wie ich. Vielleicht schreibt sie aber an ihrem Buch weiter - ein Buch über pubertierende Jungs. Na das passt!
Ich könnte lernen. Aber dazu habe ich keine Lust. Bin jetzt total down. Dabei lief doch die letzten Tage alles super. Mann, jetzt muss ich echt heulen. Ist das zu fassen? Meine Güte, ich bin eine Heulboje. Und keiner hat Zeit für mich! Außer meine Eltern, aber auf die habe ich keine Lust. Ist doch scheiße. Die Langeweile hat mich wieder! Ich geh jetzt runter zu meinen langweiligen Eltern Fernsehschauen...

Montag, den 22. März

Mann, was für ein Wochenende. Am Samstag sind wir dann doch wieder in die Jugenddisko. War echt lustig.
Nachdem ich es mir schon bissel deprimiert auf dem Sofa vorm Fernseher gemütlich gemacht hatte, rief Marie an, weil sie mir sagen wollte, dass sie mich mit den anderen um acht abholt. Verdammt, es war schon kurz nach sieben. Knapp! Aber ich habe es geschafft und war startklar für einen neuen Durchstart. Neu booten und los geht's!
Jetzt versteh ich Nina so langsam, die sich aufs Wochenende freut. So hat das Leben glatt schon wieder einen Sinn.

Angekommen wollte Nina Marc zeigen was sie drauf hat. Sie hatte sich extra neue Schuhe mit Absatz gekauft. Sie ist auf die Toilette stolziert. Und als sie an Marc vorbeigegangen ist, hat sie ihm einen gekonnten Blick über die Schulter zugeworfen. Dabei ist sie voll auf die Schnauze geflogen. Marc ist erschrocken und hat nur blöd geschaut. Die anderen haben sich kaputt gelacht. Allen voran Stefanie - war ja klar. Jonathan hat neben Marc gestanden und auch nur doof geschaut. Ich glaube, die Jungs waren entweder zu geschockt, dass sexy Nina ihnen auf einmal zu Füßen lag, oder sie sind doch in sie verliebt oder aber, sie sind gar nicht ganz so scheiße und haben doch ein wenig Anstand.
Nina ist dann jedenfalls gleich wieder aufgestanden, hat ihr T-Shirt runtergezogen und gelächelt. Dann ist sie auf die Toilette und kam nigelnagelneu gestylt wieder aus der Damentoilette heraus.

Doch der Oberhammer war, dass Stefanie zu Marc und Jonathan ist und gemeint hat, wir wären ja wohl zu dämlich zum Laufen und sich kaputt gelacht. Blöde Kuh! Aber dann hat Marc gemeint, was sie überhaupt wolle, sie sei doch die Glucke aller Weiber. Blöde Gans halt, sag ich doch die ganze Zeit. Mir glaubt ja wieder keiner.
Aber wenigstens hat Marc die Wahrheit erkannt. So blöd ist der gar nicht. Wegen mir kann Nina ihn haben.

Nina selbst jedoch war dann doch erstmal bedient für den Abend. Sie war dann deutlich ruhiger als sonst und hat nicht ganz so laut aufgetischt. Ich glaube, sie hatte einen ganz schönen Schreck bekommen, als sie da hingeflogen ist und der Boden immer näher kam. Es sah eigentlich schon verdammt komisch aus. Ich musste grinsen, weil ich ständig an Ninas Sturzflug denken musste und das schon sehr lustig aussah. Marie schaute mich an.
„Was ist?", fragte sie.
„Buff", machte ich nur und musste so lachen.

Marie lachte auch, Lilly grinste und Nina sah uns kurz vorwurfsvoll an, grinste dann und erklärte uns, wieso sie gestürzt war. Und als sie uns das so erklärte, dass sie nun mal so selbstbewusst gehen würde und sie das mit den Stöckeln halt noch üben müsste, das ja wohl aber nicht so schlimm wäre, habe ich mir fast in die Hose gemacht vor Lachen.

Nina grinste uns lachende Hühner an.
„Jetzt seid ihr wirklich ein Hühnerhaufen!", meinte sie gutgelaunt.
„Und du die fallende Glucke!", schrie ich schon fast vor Lachen.
Marie und mir kamen die Tränen.
„Wenigstens kann ich über mich selbst lachen!", meinte sie triumphierend.
„Brauchst du auch!", lachte Lilly.
„Denn wenn du das mit den Stöckeln noch üben musst, dann wirst du öfter lachen müssen!".
„Ach ihr seid doch Hühner!", sagte Nina gespielt beleidigt und wir mussten noch mehr lachen.

Aus dem Lachen heraus, hab ich dann so unbewusst woanders hingeschaut. Und, so langsam schwöre ich's, Jonathan hat schon wieder geschaut - dämlich wie immer. Ich glaube, der ist doch scharf auf Nina. Aber sie will jetzt ja was von Marc. Das kann was werden. Typische Dreiecksgeschichte. Ob eine Beziehung zu Marc die Freundschaft von Marc und Jonathan zerstören wird? Immerhin sind sie die besten Freunde, aber sie stehen beide auf die gleiche Frau. Das hat schon ganz andere Freundschaften zerstört. Von wegen wahre Freundschaft gibt es nur zwischen Männern - vielleicht ja - aber nur so lange, bis eine Frau dazwischen kommt. Da bin ich ja mal gespannt...
Am Sonntag war mir dann aber total langweilig. Ich hab Nina angerufen was sie macht. Sie hat ihr Buch geschrieben. Sie meinte aber, sie könnte sich eine effektiv-kreative Pause

gönnen. Also sind wir zum Skaten.

Auf unserem Skaterplatz war ziemlich viel los. Jonathan und sein genauso blöder Kumpel Marc waren auch da. Das war mal wieder nötig. Nina und er haben sich die ganze Zeit gestritten und Nina war total glücklich, als wir wieder nach Hause sind. Sie hatte nämlich den ersten Schritt gewagt und Marc „ganz aus Versehen" angerempelt. Das war die „armes Mädchen-Taktik". Hat funktioniert. Er hat sie angepöbelt, was sie denn hier will, wenn sie nicht fahren kann, und sie hat gesagt, es hätte halt nicht jeder eine Supermama, die einen jeden Tag an der Hand nimmt, um mit ihm Rollschuh fahren zu üben. Und so ging das dann halt die ganze Zeit.
Ich stand blöd daneben und hab gar nichts gesagt. Ich hab mich nicht mal getraut, mich zu bewegen. Denn neben Marc stand Jonathan genauso belämmert rum wie ich. Und ich hatte wirklich keinen Bock, dass Jonathan sich jetzt mit mir streiten wollte. Ich hab kein Interesse an einem Flirt. Außerdem finde ich diese Art von flirten ätzend. Ich hasse es, mit jemandem zu streiten. Doch Nina war zufrieden. Sie hatte Marc in der Tasche! Behauptete sie jedenfalls. Ich bin mir ja nicht ganz so sicher ob es ein gutes Zeichen ist, wenn ein Paar die ganze Zeit streitet. Ich seh´s ja bei meinen Eltern. Und die scheinen nicht besonders sehr glücklich zu sein.
Apropos Eltern: Jetzt reden sie vor mir kaum noch miteinander. Sie gehen zwar freundlich miteinander um, aber sie müssen mich schon für sehr doof halten, wenn sie denken, ich spüre die Kälte zwischen ihnen nicht.

Na ja, hab zurzeit auch andere Sorgen. Scheiß Schule. Wird Zeit, dass ich da raus komme.
Dauert leider noch ein bisschen. Meine Eltern waren leider der Meinung, dass ich in der Lage wäre auf das Gymnasium zu gehen. Ja toll. Und jetzt hock ich hier. Die müssen meine Hausaufgaben ja nicht machen. Ich sitz schließlich vor dem Mist rum.

Ich hab heut schon wieder ne schlechte Note bekommen. Und zwar in Chemie. Ich war natürlich eine von denjenigen, die abgefragt worden sind. Ich hab fast nichts gewusst. Ich hatte zwar ein ganz klein wenig am Wochenende und heute Morgen gelernt, aber die paar Begriffe, die ich gewusst habe, die hab ich wild durcheinander gebracht und so ne fünf kassiert. Ist zwar nur mündlich, aber trotzdem.
Aber eins muss ich jetzt auch mal sagen: beim Abfragen ist meine Klasse echt spitze. Da wird dir auch was vorgesagt. Steffen hat

mir die ganze Zeit was vorgenuschelt. Ich hab's nur leider nicht verstanden. Als ich wieder mal total deprimiert auf meinen Platz bin, haben Marc und Jonathan dumm rumgelacht. Ist ja gut, ich weiß, dass ich in Chemie keine Leuchte bin. Scheiß Atome!

In der nächsten Stunde hatten wir Deutsch. Da bin ich ganz gut drin. Sehr gut eigentlich sogar. Denn wir haben endlich unsere letzten Klausuren zurückbekommen.
Was machen Lehrer eigentlich den ganzen Tag? Seit über vier Wochen hatte die Altmann, das ist meine Lehrerin, jetzt die Klausuren. Und heute haben wir sie erst zurückbekommen.
Na ja, ich will mich nicht beschweren, ich hab ne eins. Ich sag ja, Deutsch ist mein Fach. Jonathan hat ne fünf. Da hab ich gelacht. Geschieht ihm recht!

Dienstag, den 23. März

Jetzt reicht's! Schluss mit lustig. Aus und finito. Sense. Basta. Punkt. Aus. Ende. Irgendwas muss geschehen. Ich werde Barrikaden aufstellen und auf die Straße gehen, Großdemos veranstalten und werde der neue Che Guevara. Ich hasse die Schule! Wenn ich erstmal die nächste Bundeskanzlerin bin,

lasse ich sie schließen!
Herr Schulz kam heute in die Klasse zur Mathestunde und hat gemeint, nächste Woche Mathetest und dann hat er uns nochmals Blätter zum Lesen für die Physikklausur am Freitag gegeben. Ich wollte voll rummotzen. Aber ich war dann lieber ruhig. Stefanie hatte sich schon lautstark bei Ulli beschwert und dafür einen fetten Anschiss kassiert. Ich hab dann nur so vor mich hingebrummelt.
Ich hab mit Nina kommuniziert. Jonathan mit Marc - zwei Bänke vor ihm. War etwas lauter. Jonathan hat auch eine Verwarnung bekommen. Geschieht ihm ganz recht. Genauso wie Stefanie. Die beiden könnten glatt heiraten.
Aber immerhin hat Jonathan heute mit mir geredet: „Hast du mal nen Stift?". Seine waren nämlich leer. Ich hab ihn erst hochnäsig angeschaut, dann hab ich ihm einen gegeben und gesagt, er dürfe ihn behalten. Ich hab's nicht so nötig, mir Stifte von Jungs wieder zurückzuholen.
Er meinte: „Prima. Dann nehme ich alle!".
„Hey!", schrie ich und bekam prompt eine Verwarnung.
Toll, jetzt können wir eine Ehe zu dritt führen.

„Jonathan und Nati, ihr solltet euch lieber zusammen tun und lernen anstatt euch hier zu streiten. Schule ist schließlich nicht zum Flirten da!".
Die ganze Klasse hat gebrüllt vor Lachen. Herr Schulz ist so ein Doofkopf. Ich kann den Typ nicht leiden. Jonathan und ich haben mit weit aufgerissenen Augen da gesessen und uns überhaupt nicht bewegt. Das war ein absoluter Schockzustand! Verliebt! Ich? Buäh!
Danach waren Jonathan und ich noch giftiger zueinander als sonst. Super, danke Herr Schulz! Ich dachte, sie hätten einen Bildungsauftrag?! Da steht bestimmt nicht drin, dass man jungen Mädchen die Zukunft verbauen soll, weil man ihnen die Schulzeit so unangenehm wie möglich macht, indem man ohnehin schon dämliche und nervende Tischnachbarn gegen sie aufhetzt.

Die ganze Zeit über hatten Marc und seine Freunde dumme Sprüche über Jonathan und mich parat.
Ich meine: Meine Mädels haben sich auch amüsiert, aber die haben wenigstens die Klappe gehalten und das nicht wild rumgeschrien. Sie haben bloß die ganze Zeit gelacht.

„Bild dir jetzt bloß nichts ein", meinte Jonathan forsch zu mir, der wohl offensichtlich auch vom Gelaber seiner Freunde genervt war. Also was kann ich denn dafür? Jetzt war mir aber der Kragen geplatzt:
„Hör mal, bild du dir bloß nix ein! Du sitzt hier immerhin an meinem Tisch und neben mir. Und vergiss nicht, dass ich nicht darum gebeten habe, sondern du hast uns den ganzen Schlamassel hier eingebrockt, weil du zu dämlich bist, leise zu reden. Wärst du in der Lage, deinen noch nicht sehr ausgereiften Bass eine Oktave tiefer zu fahren, dann wäre jetzt auch alles beim Alten und damit auch in Ordnung. Also nerv mich bloß nicht mit deinem Kindergetue. Ich hab nämlich weitaus größere Probleme. Und du auch, soweit ich weiß. Oder kannst du etwa auf einmal Deutsch und Englisch? Also bitte, halt deinen jugendlichen Esprit im Zaum und belästige mich nicht weiter, du bist nicht mein Niveau!"
Damit drehte ich mich wieder meinem Buch zu. Und er war bedient.
In Deutsch und Englisch bin ich nämlich normalerweise eine der Besten. Jedenfalls dann, wenn ich auch Lust habe, die Vokabeln zu lernen. Also konnte er nichts dazu sagen.

Jonathan schaute mich mit großen Augen an. Dann wandte er sich wieder seinem Schulbuch zu und murmelte was von „Weiber, total doof und unbrauchbar..", und lauter so etwas. Ich hab ihn gar nicht mehr beachtet.

Ich hatte aber totales Herzklopfen. So was hab ich noch nie zu jemanden so böse gesagt. Ich musste mich erst mal abreagieren und hab durch das Klassenzimmer geguckt. Ich war leicht verwirrt. Hatte meinen Ausbruch jemand mitbekommen? Nina, Lilly und Marie schauten zu mir. Marie sah geschockt aus. Nina und Lilly lachten und zeigten mir den „Daumen nach oben" Finger. Herr Schulz hat gesehen, dass sie Quatsch machen und ihnen auch eine Verwarnung gegeben. Toll, jetzt sind wir schon eine Großfamilie.

Dienstag, den 23. März, später

Also, jetzt reicht's mir wirklich. Ich hab gedacht: Okay, fängst du halt jetzt schon mal an zu lernen. Für Physik am Freitag und so. Hat nicht funktioniert. Ich hab da echt überhaupt gar keinen Durchblick. Wenn ich nur jemanden kennen würde, der mir da helfen kann. Denn leider sind meine Mädels in meinen Schwachfächern nicht sehr viel begabter als ich.
Und jetzt fragt meine Mutter, ob ich mit ihr einkaufen gehe. Ja genau. Hab ja nichts Besseres zu tun…

Dienstag, den 23. März, noch später

Hatte nichts Besseres zu tun, also bin ich mit meiner Mutter zum Einkaufen gegangen. Hab mich voll gelangweilt. Meine Mutter war doch erst am Samstag groß einkaufen. Was braucht die denn schon wieder alles?
Sie wollte für uns alle heute Abend Spagetti Bolognese machen und brauchte frisches Hackfleisch. Sie war richtig gut gelaunt.

Dann ist sie zum Friseur gegangen und hat sich noch einen neuen Anzug gekauft. Damit sie beim Arbeiten schick aussieht. Sie hat gemeint, sie will ja schließlich hübsch für mich sein. Ich soll ja stolz auf meine Mutter sein.

Ich glaube, das macht sie wegen dem, was ich am Samstagabend zu ihr gesagt hab.

Ich kam ja am Samstagabend von meinem zweiten Ausflug aus der Disko heim. Meine Mutter ist dann noch mal zu mir ins Zimmer gekommen und hat gefragt, wie es mir denn jetzt so geht und so. Von wegen Angst vor Scheidung. Ich hab ihr gesagt, dass ich ja nicht wüsste, was zwischen Papa und ihr vorgefallen ist, aber ich wüsste auf jeden Fall, dass, wenn man sich nur angiftet, die Beziehung nicht funktioniert.

Beziehungen basieren schließlich auf dauerhaftem Engagement für die Beziehung, den Partner und sich selbst. Damit man den Respekt vor seinem Leben nicht verliert. Und dass sie sich entscheiden soll. Ob sie ein trostloses Leben ohne meinen Vater führen will, oder ein glückliches mit ihm. Denn ehrlich gesagt finde ich ihn ziemlich toll – für sie halt. Als Vater ist er ganz normal. Er motzt immer rum, wenn ich zu aufreizend angezogen bin und so (so aufreizend wie man halt mit 14 aussehen kann).

Aber zu meiner Mutter war er echt immer ein ganz toller Mann. Er bringt ihr Blumen mit, er geht mit ihr essen, sie gehen spazieren, Bergsteigen und so weiter. Und das Beste ist: da muss ich nicht mal überall mit!

Jedenfalls hab ich dann festgestellt, dass er immer noch so cool war und vor gar nicht so langer Zeit hat er ihr noch mehr Geschenke gemacht als sonst. Meiner Mutter war immer schlecht und ich dachte schon sie sei schwer krank. Dann hat sie aber immer nur gelächelt und gesagt, dass etwas passiert ist, was überhaupt nicht voraussehbar war, sie aber sehr glücklich macht und das sie es mir bald sagen wird. Dann aber kam sie plötzlich ins Krankenhaus. Mein Papa hat mir erklärt, dass es nichts Schlimmes sei, ich solle aber jetzt erst mal besonders lieb zu ihr sein. Hey, ich bin immer lieb!

Jedenfalls ist meine Mutter seitdem anders gewesen. Traurig und unzufrieden. Aber seit ich ihr gesagt habe, dass ich Angst habe, sie würden sich scheiden lassen, ist es wieder besser geworden. Meine Mutter bemüht sich richtig.
Na ja, egal. Jedenfalls hat sie mir dann Geld in die Hand gedrückt und gesagt, ich solle mir was Schönes zum Anziehen kaufen. Aber nur was Schönes. Na klaro!
Bin dann eben heute in so einen coolen großen Laden, um mich nach Jeans umzusehen. Meine Mutter hatte mir so viel Geld mitgegeben, dass ich mir davon eine Jeans und ein neuen Pulli kaufen wollte. Noch einen. Aber man muss die spendablen Tage der Eltern rigoros ausnutzen. Wer weiß wann die wieder kommen?
Ich bin an den hohen Regalen vorbei spaziert und hörte nebenan eine Frau mit jemanden diskutieren. Das war ganz klar eine Mutter! Das hört man sofort.

Sie beschwerte sich nämlich, dass die Hosenbeine viel zu lang waren. Ich schätze mal, sie diskutierte mit dem Sohn.

Ehemänner diskutieren nämlich nicht mehr mit ihren Frauen. Die haben das schon längst aufgegeben. Die weibliche Seite gewinnt sowieso immer. Selbst wenn sie verlieren, dann drehen sie es sich so lange zurecht, bis sie doch noch sagen können, sie hätten recht gehabt. Im Prinzip stimmt's zwar nicht, aber die Männer haben nicht so die Ausdauer zum Reden wie die Frauen. Deshalb sind wir eigentlich nämlich auch das stärkere Geschlecht. Außerdem bekommen wir schließlich auch die Kinder!

Jedenfalls schimpfte der Sohn zu seiner Mutter, sie solle sich gefälligst raus halten, wie er sich kleide. Er sei schließlich alt genug und dementsprechend cool.
Irgendwoher kannte ich die Stimme.
Die Mutter meinte, es sei ja schließlich ihr Geld, was er für diese viel zu große Hose ausgeben wollte.

Das kenne ich irgendwoher.
Der Sohn meinte wiederum, sie solle ihn gefälligst in Ruhe lassen. Er habe zurzeit ganz andere Probleme.
Woher kenne ich nur diese Stimme?

Er müsste nächste Woche eine Deutschhausarbeit abgeben und er habe keinen blassen Schimmer davon.
Komisch, muss ich auch.

Die Mutter wurde ärgerlich und meinte, wenn er nicht mal seine Hausaufgaben schaffen würde, dann wäre er auch nicht cool (und dabei sagte sie das Wort „cool" echt uncool) und damit bräuchte er auch die Hosen nicht.
Der Sohn wurde sauer, quengelte was von „Weiber ...nervig..." und so.
Doch woher kenne ich das?!
Jetzt wurde ich echt neugierig. Ich ging vorsichtig auf das Ende des Regals zu und steuerte in die Richtung, in der ich die beiden vermutete.

Oh Gott!
Da stand Jonathan in echt coolen Hosen und seine Mutter mit mehreren verschiedenen Teilen über dem Arm und zog an ihm rum und meinte gerade zu ihm, er solle jetzt nicht frech werden.

Ich wollte mich natürlich sofort wieder aus dem Staub machen, konnte ich aber nicht. Ich blieb, warum auch immer, wie angewurzelt stehen und starrte zu den beiden Personen vor mir. In dem Moment bemerkte auch Jonathan mich.

Auch er erstarrte, als er mich erkannte. Seine Mutter erkannte mich nicht, sie zog und rückte ordentlich an seinen Hosenbeinen rum. Ich wusste nicht, was ich machen soll, also blieb ich einfach stehen.

Derweil kniete sie sich auch noch vor ihn hin und krempelte ihm die Beine so hoch, wie sie dachte das würde doch so besser passen. Ich war entsetzt. Das sah ja auch wie Hochwasser! Was für eine Scheiße!

Jonathan war auch noch entsetzt. Aber in dem Moment wohl eher von mir als von seinem Outfit. Er starrte mich immer noch an.

„Hi", sagte ich.

Irgendwie tat er mir leid. Ich kenne diese Überredungsmethoden von Müttern. Aber sie funktionieren ja doch nie. Ich wette, entweder hat Jonathan die Hosen morgen an, oder aber, er redet mit seiner Mutter nicht mehr, weil sie sich so in die Haare gekriegt haben.

„Hi", antwortete Jonathan etwas widerwillig. So richtig glücklich war er wohl nicht, mich hier zu sehen. Aber hey, ich bin ihm ja nicht nachgelaufen. Kann ich was dafür, wenn er auch hier seine Jeans kauft? Zeigt doch eigentlich nur, dass wir was gemeinsam haben, abgesehen von derselben Klasse.

Wir standen uns immer noch so gegenüber. Zwischen uns die kniende Mutter, die vor sich hinfluchte, wie die Jugend heutzutage rumläuft.
„Na ja, bis dann", brachte ich das Gespräch zum Laufen und gleich wieder zum Ende.
„Bis dann", meinte auch Jonathan.

Damit blieb ich weiter stehen. Ich schaute ihn noch mal an, dann noch mal auf seine Mutter, dann wieder auf ihn und zuckte verständnisvoll mit den Schultern.
„Tja, kann man nichts machen, die sind so!" - sollte der Blick sagen. Er nickte nur ganz kurz. Ich glaube, er hatte es verstanden.

Damit drehte ich mich um und holte meine Mutter vom Friseur ab. Sie sah echt gut aus. Sie hatte sich ganz viele helle Strähnchen machen lassen. Und sie war richtig aufgedreht. Die Spaghetti gab es übrigens nur für mich. Und zwar auf meinem Zimmer. Mit meinem Vater hat sie alleine gegessen. Sie hat gesagt, sie müsse sich bei ihm entschuldigen für die letzten Wochen. Na, da bin ich mal gespannt wie er das aufnimmt.

Mittwoch, den 24. März

Mein Vater hatte es gut aufgenommen. Heute Morgen haben sie sich zum ersten Mal seit langem wieder einen richtig fetten Kuss zum Abschied gegeben. Und ich konnte endlich mal wieder zu meinem Ritual übergehen: Nämlich „Buäh, ist das eklig", sagen. Mein Vater lachte und meinte, so lange ich das noch sagen würde, wäre er beruhigt.
Dann müsste er nicht die Schrotflinte aus dem Schrank holen und meine Verehrer verjagen. Meine Mutter hatte gelacht, ihm einen Bussi gegeben und ihm in den Po gezwickt.
„Buäh!".

In der Schule war ich auf so ziemlich alles gefasst. Ich dachte, Jonathan wäre heute mal wieder so wie immer: Bösartig und gemein. Jungs sind nämlich immer seltsamerweise ganz lieb, wenn sie sich von anderen Jungs unbeobachtet fühlen. In diesem Fall gestern war das ja so. Heute aber wieder nicht.

Er kam zur Tür herein als ich schon an unserem Tisch saß. Ich bekam richtig Herzklopfen, als er auf mich zukam.
Ich wusste nicht was ich sagen sollte.
„Morgen", grummelte er leise.
Ich genauso: „Morgen".

Hey, er hatte die Hosen von gestern an.
„Hey, du hast ja die Hosen von gestern an!".
Er schaute auf seine Hosen, als ob er das selbst nicht gewusst hätte.
„Glückwunsch. Es ist immer ein kleiner Sieg wenn man sich gegen die Mutter durchsetzen kann!", zwinkerte ich ihm grinsend zu.

Jonathan hat das wohl in den falschen Hals bekommen.
„Mach dich nur darüber lustig.", fauchte er mich an.
„Tu ich doch gar nicht! Meinst du etwa, wir anderen hätten nicht genau die gleichen Probleme mit unseren Müttern wie du?! Oder meinst du, ich trage die Handschuhe morgens freiwillig?"
Mann, Jungs sind ja so empfindlich!

Jonathan sah mich ziemlich verständnislos an. Dann musste er grinsen. Na, Gott sei Dank. Ich fühlte mich auf einmal zehn Kilo leichter (leider sieht man das nicht!).

Herr Schulz kam zur Mathestunde rein und ich war richtig gut gelaunt. Jonathan war eigentlich ganz nett!
Herr Schulz hat uns, wie immer, mal eben schnell eine neue Rechenmethode beigebracht. Das sollten wir uns doch bitte vor der Klausur am Freitag noch mal angucken. Könnte sein, dass es in der Klausur am Freitag drankommt. Nun war ich schlecht gelaunt. Na toll!
Jonathan hatte bei den neuen Aufgaben aber sofort den Durchblick. Ich saß hingegen völlig verwirrt vor meinem Heft. Jonathan hatte es bemerkt.
„Guck mal, ist im Prinzip ganz einfach. Sogar leichter als das, was wir das letzte Mal gemacht haben. Du musst jetzt nur noch die Quersumme ausrechnen und dann durch die Angaben von hier oben teilen.". Stimmt. Er hatte Recht. Wahnsinn!

Ich war glücklich und dankbar und habe es ihm auch gezeigt. Verdient hatte er es. Ich strahlte ihn an. „Danke!".
Jonathan grinste zurück. Ziemlich süß sogar. Eigentlich sieht er ganz gut aus. Er hat ganz süße Zähne. Die stehen so weiter auseinander. Das macht ein richtiges Lausbubenlachen bei ihm. Süß.
Iiih, ich sage zu einem Jungen süß. Oje, was ist das jetzt? Pubertät? So toll ist er jetzt ja auch wieder nicht. Also, das was er mir mit Mathe beigebracht hat, war schon extrem süß, aber sonst bleibt er halt - er!
Trotzdem nett von ihm, mir Mathe zu zeigen. Denn ich hab es dann gleich voll gut gekonnt und Herr Schulz hat mich gelobt.

Ich hab gestrahlt wie ein Honigkuchenpferd und dann bin ich aber schnell zu Lilly, Marie und Nina, um ihnen das Geheimrezept auch weiterzusagen. Denn sie sahen ziemlich entrüstet aus, dass ich von einem Lehrer gelobt werde. Aber ich hab versucht es ihnen beizubringen. Hat nicht funktioniert.

Na ja, jedenfalls haben Jonathan und ich dann den ganzen Tag nicht mehr gestritten. Und es hat auch keiner dumme Witze über uns gemacht. Und zwar wegen den ganzen Klausuren nächste Woche. Da ist ja jeder immer so mit sich beschäftigt. Mir war es echt recht. Endlich mal wieder Ruhe im Haus.

Jetzt ist halb drei, ich bin grad von der Schule heimgekommen und versuche zu lernen. Gelingt mir nicht. wie man sieht, sonst würde ich jetzt nicht Tagebuch schreiben, sondern Mathe und Physik lernen. Deutsch muss ich glücklicherweise nicht lernen. Die Klausur am Mittwoch reiß' ich mit links. Armer Jonathan. Der tut sich mit Deutsch so schwer. Und arme Nati, ich tu mir mit Physik so schwer.

Wieso kann man eigentlich nicht immer beides können? Wäre doch viel besser.

Entweder man ist eben so ein Fünferschreiber oder man hat nur Einsen. Aber doch nicht beides gemischt! Egal.
Liegt aber eh angeblich an den Gehirnhälften. Jeder hat eine starke Seite. Deswegen ergänzen sich Männer und Frauen so gut. Der eine kann das besser, der andere das jene.
So wie bei mir und Jonathan.

Donnerstag, den 25. März, abends

Ich Dödel. Bin ja erst gar nicht auf die Idee gekommen. Aber plötzlich durchfuhr es mich wie ein Blitz. Schuld daran ist meine Mutter.

Sie kam nämlich in mein Zimmer, als ich grad vergeblich dabei war zu lernen. Sie hatte mich gefragt, ob mir meine Freundinnen nicht beim Lernen helfen könnten. Es gäbe da bestimmt ein Fach, das sie besser können als ich oder umgekehrt. Nein. Gibt es nicht. Wir sind alle Frauen. Bei uns liegen die Schwächen alle in derselben Gehirnhälfte. Wenn schon dann bräuchte ich einen Mann. Und wer lernt schon mit einer 14-Jährigen? Und wer kann das schon noch? Denn man vergisst die Schule immer schneller als man „Bab" sagen kann!

Meine Mutter ist dann wieder aus meinem Zimmer verschwunden und ich hab überlegt. Lernen geht einfach nicht. Nicht in diesem Fach. Chemische Atome lösen bei mir leider einfach einen Brechreiz aus - Chemie ist ein sogenanntes „Kotz-Fach"!

Dummerweise kann ich es nicht abwählen - noch nicht! Oh, wie sehne ich den Tag herbei, wenn die Klassen aufgelöst werden und wir nur noch die Kurse besuchen müssen, die wir wählen. Aber so lange bin ich in diesem beknackten Schul-

system gefangen, das mich dazu zwingt, irrelevante Annahmen der Relativitätstheorie zu lernen, die ich eh nie im Leben durchschauen werde. Schluchz.
Ich bräuchte wirklich jemand der mir hilft. Ich bin ja nicht blöd und kapiere schnell. Allerdings nicht in der Schule. Da hab ich keine Zeit für so was. Es gibt wichtigere Dinge, als dem Lehrer zu zuhören.

Jonathan geht es auch so. Sonst könnte er ja Deutsch. Jonathan! Mir kam eine Wahnsinnsidee: Jonathan!
Jonathan kann kein Deutsch, ich kein Physik. Jonathan kann kein Englisch, ich kein Chemie und Mathe. Jonathan könnte mir helfen. Ich könnte Jonathan helfen!

Nur morgen ist schon Matheklausur. Also müsste ich ja sofort zu Jonathan. Sonst bringt es ja nix mehr. Ich weiß sogar, wo Jonathan wohnt. Früher war ich mal bei ihm. Also nur auf dem Kindergeburtstag und er bei mir. Ist aber schon lange her. Da waren wir noch im Kindergarten oder in der Grundschule oder so.

Jedenfalls hab ich meinen ganzen Mut zusammen genommen und bin zu ihm gelaufen. Meiner Mutter hab ich nur zugerufen, ich würde jetzt zum Lernen gehen. „Richte den Mädels einen schönen Gruß aus", rief sie mir hinterher.
Hach! Wenn die wüsste. Von wegen Mädels. Ich kenn auch Jungs! So wie Jonathan. Immerhin sitzt er in der Schule neben mir. Moment mal. Neben mir? Schon, aber gezwungenermaßen.
Und kennen? Kenne ich ihn denn wirklich? Eigentlich nicht. Ich kenn ihn zwar schon lange, aber auch seit langem nicht mehr gut.

Obwohl, ich hab ihn mal nackt gesehen. Ein paarmal sogar. Er mich auch. Iih, wie peinlich. Damals haben wir im Kindergarten immer nackt im Planschbecken rumschwimmen dürfen. Ob ihm das peinlich ist?

Ach, bestimmt nicht. Er kann sich daran überhaupt nicht mehr erinnern. Männer können sich ja noch nicht einmal daran erinnern, was die eigene Frau am vorherigen Tag anhatte!
Mittlerweile war ich mit meinem Fahrrad vor seinem Haus angekommen. Mir war schlecht. Vielleicht sollte ich einfach wieder nach Hause gehen? Obwohl, ich will ja nur fragen ob wir zusammen lernen könnten. Immerhin würden wir uns dabei doch prima ergänzen. Gerade stand ich vor der Haustür, da wollte ich schon wieder rumdrehen. Aber ich glaube, man hat mich mit einem Voodoozauber belegt. Denn ich konnte gar nichts dagegen tun. Ich hab einfach geklingelt. So was Fieses! Jetzt stand ich da. Sollte ich nun wieder rumdrehen?

Ja. Ist wohl am besten. Ist auch am wenigsten peinlich. Man muss ja schließlich schauen wo man bleibt. Da geh ich lieber wieder heim.

Ich stand immer noch vor der Haustür. Ja was jetzt? Macht der nun auf oder nicht?
In dem Moment öffnete Jonathan die Tür und sah ziemlich überrascht aus. Ich holte tief Luft und plapperte drauf los: „Also, du kannst kein Deutsch und Englisch. Ich kein Physik, Mathe und Chemie. Wir könnten uns gegenseitig helfen!".
Ich legte eine Pause ein und dachte: jetzt warte erst mal ab. Er schaute mich bloß an und nichts passierte. Jetzt war es mir echt peinlich.

Um dem Ganzen eine spezielle Note zu geben, hatte ich zwei Möglichkeiten: Entweder ich drehe mich sofort wieder um und sage zu ihm: „Ach, du bist es eh nicht wert!", dann wäre unsere Freundschaft, oder besser gesagt Bekanntschaft aber für immer hinüber. Oder ich mach auf Klein-Mädchen und bettle. Aber nö. Soweit bin ich noch nicht. Auch wenn mor-

gen Matheklausur ist. Scheiße - Mathe!
„Nur wenn du willst!", betonte ich so also ganz Klein-Mädchen.
„Und ist auch ohne jeden Hintergedanken. Also ich will dir hier nichts Böses. Sondern ich dachte nur, unsere Schwächen in den einzelnen Fächer könnte vielleicht der jeweils andere kompensieren.". Hach! Hatte ich ihn.
Jonathan weiß bestimmt nicht was kompensieren bedeutet. Er schaute immer noch ein wenig verdutzt, dann öffnete er aber die Tür weiter und meinte „Okay!".
Er war wirklich überrascht. Aber ich ließ es mir nicht anmerken, dass ich es bemerkte. So stolz es ging marschierte ich in das Haus hinein. Nichts von ihm würde mich aus der Ruhe bringen.
„Wow!", entfuhr es mir ganz im Gegensatz zu meinen Vorsätzen. Das ist ja ein Wahnsinnshaus! Riesengroß, mit weißem Marmorboden, vielen hohen Fenstern und lauter ausgestopften Tieren. Durch die Fenster zur Terrasse und zum Wintergarten erkannte ich einen riesigen Pool. Mann, was für ein Luxusleben darf der denn führen? Da würde mich meine Deutschnote aber auch nicht mehr stören. Ich wusste gar nicht mehr, dass die so ein krasses Haus haben.
„Coole Hütte", versuchte ich mich wieder von diesem häuslichen Höhenflug runter zu kriegen.
„Ja", hauchte Jonathan. Hatte der was im Hals oder war ihm das Ganze etwa unangenehm und er hat sich bloß nichts getraut zu sagen? Als wir in seinem Zimmer standen meinte ich zu ihm, dass er ja nicht mit mir lernen müsste. Es sei ja bloß ein Vorschlag gewesen. Aber wenn er sich so schämt, dann würde ich lieber gehen.

„Nein, nein, geh nicht!", rief er und hielt mich am Arm fest. Aha! Was war jetzt los?
„Ich meine, ich finde die Idee mit dem zusammen lernen echt sehr gut, und es freut mich voll. Ehrlich!".
Damit ließ er meinen Arm wieder langsam los, war definitiv

selbst von seiner enthusiastischen Art überrascht und sagte daraufhin nichts mehr, sondern schaute nur verlegen auf seine Füße.
Verlegen hab ich dann halt im Zimmer rumgeschaut. Alles sehr edel. Nicht so chaotisch wie bei mir. Vielleicht sollte ich doch mal auf meine Mutter hören und aufräumen?
Muss ich jetzt wieder anfangen zu quatschen? Immerhin bin ich schließlich hierher gekommen! Er könnte ja ruhig auch mal was sagen!
„Also was ist? Fangen wir an!", meinte er dann im gleichen Moment.
Das war mal eine nette Aufforderung!
Okay, wenn er so lieb ist, dann mach ich mit.
Bei mehreren Litern Saft mit Wasser büffelten wir Mathe, was das Zeug hält. Wir haben gesagt, dass wir heute Mathe lernen wegen der Klausur morgen. Und dann die anderen Tage die anderen Fächer. Und ich sag es mal so: Wir haben's voll drauf!
Denn alles was ich nicht wusste, wusste er und umgekehrt. Bringt uns echt weiter so zu lernen. Bin erst um halb neun zu Hause gewesen. Jonathan hatte mich heimgebracht.
Seine Mutter hatte uns noch belegte Schnittchen gemacht. Für die Energiezufuhr. Seine Mutter war sehr nett, vergessen die Aktion mit den coolen Hosen, die sie scheiße fand. Mütter können ja auch nicht perfekt sein.

Jedenfalls hatten wir echt gut zusammen gelernt. Und wir haben uns nicht gestritten. Nur einmal dachte ich, wir seien kurz davor. Ich wollte mir gerade den Radiergummi schnappen, weil wir festgestellt haben, dass wir falsch gerechnet haben. Da wollte aber auch Jonathan gerade den Radiergummi und wir haben beide zur selben Zeit das Ding berührt. Meine Hand war aber erste. Aber es war ja sein Radiergummi. Ich wollte loslassen. Da war seine Hand schon wieder von meiner weg. War eigentlich gar nicht so schlimm. Ich hätte es auch gerne genossen, wenn mir nicht so schlecht geworden wäre.

Ich glaube, ich werde krank.
Als wir dann fertig mit Lernen waren, war es irgendwie eine komische Stimmung. Langsam packte ich meine Sachen zusammen und Jonathan saß nur neben mir und rieb sich ständig die Hände an den Hosen. Als ich fertig war, sagte ich: „Also, danke. War echt nett!". Und dabei schaute ich ihn an. Zum ersten Mal hatte ich etwas richtig Nettes zu ihm gesagt - und es vor allen Dingen auch noch ernst gemeint.
„Fand ich auch", lächelte er.

Ich atmete kurz auf, wusste aber nicht, was ich jetzt noch sagen sollte. Ich hatte Angst irgendwas kaputt zu machen. Er hasst mich anscheinend grad mal nicht, und es steht noch die Chemieklausur an, also beschloss ich lieber nichts mehr zu sagen. Ich neige nämlich dazu, auch in den kleinsten Schlamassel voll einzutauchen. Also lieber nichts mehr sagen.
„Also", sagte ich nur und stand auf.
„Bis dann", sagte ich zu ihm.
„Ich bring dich noch zur Tür!", sagte er und folgte mir.

Kein schlechter Vorschlag. In dem Haus kann man sich nämlich echt verlaufen.
Als seine Mutter uns zur Haustüre laufen hörte, kam sie aus der Küche, um mich zu verabschieden.
„War nett, dich kennenzulernen, Nati. Ich hoffe, wir sehen dich bald wieder!", meinte sie lächelnd.
Mann, was muss das für eine Abwechslung für eine Mutter sein, mal ein junges Mädchen im Haus zu haben als immer nur die auf cool machenden Freunde vom Sohn.
„Mal schauen", sagte ich.
Nicht dass Jonathan sich jetzt gezwungen fühlen würde mit mir zu lernen, nur weil seine Mutter das jetzt so toll fand. Sonst krieg ich gleich wieder einen Anschiss von Jonathan, ich solle mir nichts einbilden.
„Na, das hoffe ich doch", meinte Jonathans Mutter derweil aber nur zuversichtlich.

Ich lächelte freundlich und wollte mich gerade von Jonathan verabschieden. Da schaute mich Jonathans Mutter entsetzt an.
„Du wirst doch wohl nicht um diese Zeit alleine heimlaufen?", sagte sie empört.
„Das sind doch nur ein paar Straßen!", versuchte ich sie zu beruhigen.
„Auf keinen Fall!", das war bestimmend. Da duldete sie wohl keinen Widerspruch.
„Du wirst Nati heimbringen, wenn sie schon so nett war, zu dir zu kommen!". Also, da musste ich ihr Recht geben. Ich war so nett.
Das fand ich so cool, dass ich Jonathan nur siegesgewiss grinsend ansah, was aber nicht feindselig rüberkommen sollte, sondern lustig.

Er wiederum war wohl etwas verlegen, sagte aber nichts, sondern schaute nur wieder verlegen auf den Boden und nahm dann aber seine Jacke und Handschuhe.
„Komm", sagte er zu mir und lief voraus.

Draußen schneite es. Nur ein wenig, doch waren die Straßen und Bäume schon ganz leicht weiß, es sah aus wie gezuckert. Jonathan stapfte schweigend neben mir her.

„Tut mir leid, dass du mich jetzt heimbringen musst. Ich wäre auch alleine gegangen." versuchte ich mich zu entschuldigen, denn ich hatte wirklich das Gefühl, dass ich ihm nun auf den Geist gehen würde.
„Ist doch kein Problem", sagte er nur flüchtig.
„Nein wirklich", meinte ich beharrlich.
„Ich hätte auch meine Mutter anrufen können.", führte ich fort.
„Ach was. Quatsch. Ist doch kein Problem.", unterbrach er mich.

Daraufhin fiel mir nichts mehr ein.
Kurz darauf sagte er: „Außerdem tut das doch ganz gut, noch mal raus zu kommen, nach der Lerneinheit heute!". Dabei grinste er mich kurz an.
Ich lächelte zurück, sah ihn kurz an, wie er neben mir lief und meinte dann: „Wir waren gut!".
Er zog die Augenbrauen hoch, grinste breit und sagte in einem spaßig übertriebenen Ton: „Wir waren sehr gut!".
Dann grinste er noch breiter und sagte: „Ich meine, ich war sehr gut - du warst halt dabei!".
Geht's noch?
Ich musste schallend lachen und boxte ihm leicht in die Rippen. Er lachte.
Wir gingen weiter.

„Bild dir bloß nix ein", sagte ich und im selben Moment als ich es sagte, tat es mir schon wieder leid. Das hatte jetzt irgendwie nicht gepasst. Es war auch gar nicht so böse gemeint, wie es vielleicht rüber gekommen ist. Es sollte keine direkte Anspielung auf unseren Streit werden, irgendwie zwar schon, aber dann doch wieder nicht.
Jedenfalls verflog Jonathans Lächeln und er ging wieder stapfend neben mir her.
Zwei Minuten später waren wir dann aber bei mir am Haus angekommen und ich war echt froh drüber.
„Also", sagte ich und hielt meine Hand schon am Gartentürchen.
„Also", sagte Jonathan und schaute mich an.
Pause.
Jonathan schaute wieder auf seine Schuhe.
Ich hatte keinen blassen Schimmer, was ich sagen sollte, also streckte ich ihm einfach die Hand hin - und er nahm das Friedensangebot an und schüttelte meine Hand.
Dann nickten wir uns noch mal zu und er ist gegangen. Ich hab ihm noch kurz nachgesehen. Eigentlich ist er gar nicht ganz so beschränkt, wie ich angenommen habe. Er ist halt

einfach, na ja, ein Junge halt. Die sind so dämlich wie sie nun mal sind. Nicht mehr und nicht weniger...

Freitag, den 26. März

Ich bin nicht krank geworden. Und juhu, die Mathearbeit ist, glaube ich, echt gut gelaufen. Jonathan und ich haben sofort los gerechnet als wir die Blätter hatten. War aber auch gar nicht so schwer. Ich wollte mich danach eigentlich bei ihm für die Hilfe bedanken, aber wir haben gar nicht in Ruhe sprechen können, weil uns unsere Freunde nicht in Ruhe gelassen haben. Und vor den anderen wollte ich nix sagen. Muss ja nicht gleich jeder immer alles wissen.

Kurz darauf hab ich Lilly alles haarklein erzählt. Wir standen zusammen im Pausenhof in einem Eck und es hatte sich so ergeben. Lilly hat auch versprochen, es für sich zu behalten. Nina wollte ich es nicht erzählen, die macht wieder gleich ne Lovestory daraus. Und bei Marie hatte ich Schiss, dass sie beleidigt ist, dass ich nicht mit ihr gelernt habe. Marie ist da etwas sensibel.

Ich hab Lilly gefragt, ob ihr was einfiele, wie ich denn jetzt den nächsten Lerntermin mit Jonathan ausmachen könnte. Lilly wusste es auch nicht.

Fast schon deprimiert bin ich mit den Mädels nach Hause gelaufen. Kurz nach der Schule trennen sich aber unsere Wege. Allein dackelte ich die Straße entlang und überlegte fieberhaft, ob ich denn jetzt einfach wieder so zu Jonathan gehen sollte. Ich meine, einerseits brauche ich ja seine Hilfe. Andererseits habe ich ja wohl jetzt mal das Recht, zum Lernen eingeladen zu werden. Immerhin kam der erste Schritt von mir.

So watschelte ich als da entlang und hörte kaum den Radfahrer, der hinter mir auf einmal scharf bremste. Jonathan!
Er grinste. „Hey".
„Hey", antwortete ich kess zurück und wartete ab.
„Was ist, hast du jetzt am Wochenende Zeit?".
Ich wollte sofort jubeln und schreien. Aber Nina hatte erst in der Pause aus einer sehr literarischen Zeitschrift, es war eine Frauenzeitung, vorgelesen, dass man sich unnahbar geben soll. Das macht die Männer verrückt.
„Na ja", meinte ich also ziemlich gelangweilt und schaute auf den Boden.
„Na ja, dann nicht.". Damit verflog Jonathans fröhlicher Gesichtsausdruck und er war gerade wieder dabei auf sein Fahrrad zu steigen.
„Nein, warte!". Damit zog ich ihm am Ärmel, so dass er stehen bleiben musste. Jonathan schaute mich ziemlich schockiert an. Und mir war´s voll peinlich.
„Natürlich hab ich Zeit. Die Schule ist unglaublich wichtig. Wir sollten uns treffen. Wie wäre es mit Samstag?"
Jonathan nickte und meinte „bis dann, du Huhn", und fuhr fort. Wieso Huhn?

Samstag, der 27. März

Selber Huhn. Jonathan ist so ein Eierkopf. Von vorne: Freitagabend kamen wir Mädels alle zu Nina, um uns mal richtig etwas stylingmäßiges zu gönnen. Wir haben uns Masken nach Ninas Anweisung aufgelegt und Meditationsmusik gehört. War uns aber zu leise. Haben dann Taylor Swift aufgelegt und waren ruck zuck voll in unserem Element. Dann meinte Nina wir sollten uns Gurkenscheiben auf die Augen legen, damit wir keine Tränensäcke bekommen.
Währenddessen wollten wir uns die Finger- und Fußnägel lackieren. Wie denn aber? Wir haben ja wegen der Scheiben

nichts gesehen. Ich hab mir mit den anderen fast in die Hose gemacht vor Lachen, während Nina versuchte, die Situation zu überspielen, indem sie uns mitteilte, sie hätte gemeint, die Fingernägel nach der Gurkenscheibenmaske zu lackieren. Ja klar. Jetzt musste ich aber echt mal aufs Klo.

Am Samstag hab ich auf Jonathan gewartet. Ich hab meiner Mutter mitgeteilt, dass ich auf meinen Lernpartner warte. Und was sagt meine Mutter? „Nati", (ich hasse das, wenn sie meinen Namen so mütterlich sagt!). „Deine Freundinnen werden schon auf dich warten!".
Bitte? Freundinnen? Wer redet denn von Mädchen? Hab ich nicht gesagt, mein Lernpartner?! Mütter!

Ich musste mit zum Einkaufen gehen und während wir aus dem Haus gingen, hörte ich meine Mutter leise „Kinder!" stöhnen.
Wir sind Tochter und Mutter, und ich finde, wir sind uns sehr ähnlich.

Ich hab dann ewig auf Jonathan gewartet. Dann hab ich mich vor den Fernseher geschmissen und wollte meine absolute Lieblingsserie „Gossip Girl" sehen. Die kommt nur einmal in der Woche samstags und ist mein absolutes Heiligtum. Nichts darf mich währenddessen stören. Sogar meine Mutter respektiert das. Aber auch nur, weil ich jedes Mal einen hysterischen Anfall bekomme, wenn sie mich in meiner Mittagsruhe dabei stört.
War ja aber natürlich klar, dass Jonathan genau in dieser dreiviertel Stunde auftauchte. Tja, wäre er früher gekommen, dann wären wir jetzt schon fertig. Aber er meinte, seine Familie isst zu Hause immer erst so spät. Ja ja.

Trotzdem musste Jonathan warten, bis die Soap vorüber war. Ihm hat es, glaube ich, nicht so gut gefallen. Pech! Es gibt Dinge, da muss man einfach durch. Sagt meine Oma schließlich auch immer, wenn ich nicht mehr in die Schule will. Also, wieso sollte es Jonathan anders gehen? So saß er ziemlich gelangweilt neben mir auf der anderen Couch.

Später haben Jonathan und ich dann aber doch noch angefangen zu lernen. Erst die wissenschaftlichen Fächer, die ich nicht kann, dann die sprachlichen Fächer, die er nicht kann. Wir sind aber ein gutes Stück weiter gekommen.
Als wir fertig waren hatte ich Kopfweh. Jonathan ging es genauso und er meinte, er habe schon ganz heiße Wangen. War voll süß. Die waren ganz rot. Er hat mich dann gefragt, was ich am Abend machen würde.
Eigentlich hatte ich ja mit den Mädels ausgemacht, dass wir irgendwas zusammen machen, aber ich dachte, ich warte jetzt erst mal ab. „Och, weiß noch nicht genau!".
Schweigen.
„Und morgen?". Pause. Morgen ist Sonntag. Was soll ich da schon groß machen?
„Nichts!", antwortete ich dementsprechend ehrlich.
„Wenn du Lust hast, dann können wir uns ja morgen wieder treffen. Zum Lernen mein ich!", sagte Jonathan.
Okay.
„Ja, können wir schon machen! Um zwei?", fragte ich ihn.
Jonathan nickte, blieb noch ne kurze Weile auf dem Stuhl sitzen und schaute sich im Zimmer um. Muss ich jetzt was sagen?
„War cool, dass wir das heute gemacht haben. Bringt mich echt weiter!", sagte ich dann also.
Jonathan bestätigte meine Aussage und saß immer noch auf dem Stuhl. Mann, was soll ich denn jetzt machen?

„Hast du Lust heute Abend noch irgendwas zu machen?". Oje, hab ich das grad tatsächlich gefragt? Ich muss bescheuert sein!

Jonathan schaute kurz auf und dann wieder auf seiner Füße.

Der hat aber auch tolle Schuhe!
„Hm, ich bin eigentlich mit Marc und so verabredet!"
Ja, bitte. Dann lass es halt bleiben. Selber schuld! Trottel.

„Okay, halb so wild. Ich glaub Nina und die anderen wollten eh zum Film schauen vorbei kommen.". So, da hast es. Männer!
Jonathan ist dann gegangen und ich war beleidigt. Was muss er auch fragen, ob ich Zeit habe, wenn er eh keine Zeit hat? Jetzt komm ich mir voll verschaukelt vor. Toll!
Später kamen tatsächlich Nina und die Mädels im Schlepptau bei mir an. Es hatte brutal angefangen zu schneien. Dementsprechend lustlos waren wir auf Disko. Außerdem meinte Nina unsere Zeit kommt eh erst, wenn es Sommer ist und wir unsere tollen Bodys vorführen können.
Ich versuchte, Nina vorsichtig daran zu erinnern, dass wir keine tollen Bodys haben. Wir sehen nämlich alle noch ein wenig unreif aus.
„Egal!", meinte Nina und startete den ersten Film.
„Und wer weiß, vielleicht sehen wir ja bis zum Sommer einfach umwerfend aus?!". Ja, genau! Ist mir doch egal wie ich aussehe!

Also eigentlich ja nicht. Aber sobald ich etwas dafür tun muss, dann ist es mir egal. Niemals könnte ich auf meine heißgeliebte Schokolade und meine Faulheit verzichten!

Montag, der 29. März

So, Schluss mit lustig. Ich werde auf Schokolade verzichten und ins Fitnessstudio gehen. Ich werde jede freie Minute damit verbringen, meinen Körper zu stylen, um besser auszusehen als Paris Hilton!
Ich hab mich gestern Mittag mit Jonathan bei mir zu Hause

getroffen. Diesmal war er sogar pünktlich. Um zwei stand er vor der Haustür und wir sind in mein Zimmer hoch gegangen. Es hat immer noch voll geschneit.

Später hatten wir keine Lust mehr zu lernen und mir war es auch peinlich, dass meine Mutter ständig meinte, sie müsse uns unbedingt was Gutes tun - mit wahlweise Milch mit Honig, Kakao oder Erdbeerkaba. Dabei bekommt man von Milch doch nur Blähungen.
Ich wollte am liebsten rausgehen. Jonathan hat mich beim Lernen geärgert und gemeint, ob ich auch Gehirnzellen in meinem Kopf hätte oder nur meinen Haaransatz.
Ich hab gesagt, dass bei Frauen immerhin tagtäglich weniger Gehirnzellen absterben als bei Männern. Jonathan guckte ungläubig und meinte, ich spinne. Stimmt aber.
Dann hab ich gesagt, wenn er sich nicht bald beherrschen würde und wir jetzt draußen wären, dann würde ich ihn einfach mal so in den Schnee schmeißen und ordentlich einreiben. Jonathan hat sich fast nicht mehr eingekriegt vor Lachen. Ich hab ihn böse angeschaut. So böse ich konnte. Kann ich nicht besonders gut. Jonathan musste noch mehr lachen.

„Du wirst schon sehen!", keifte ich.
Jonathan stiegen Tränen in die Augen. Also bitte. Tränen, und der will mal ein Mann werden!

„Du ziehst dich jetzt sofort an und ich schmeiß dich in den Schnee!", dirigierte ich.
Jonathan meinte, ich würde innerhalb von zwei Minuten aussehen wie ein Schneemann. Darauf würde er wetten.
Top die Wette gilt.
Ich sagte natürlich „von wegen Schneemann, er wird vor lauter Schnee gar nicht mehr zu finden sein".
Natürlich wusste ich, dass ich der Schneemann sein würde, keine Ahnung wieso ich mich darauf einließ.
Jedenfalls sind wir dann die Treppen hinunter, haben uns

warm angezogen und sind vor die Haustüre gegangen. Jonathan meinte, ich solle mir schon mal ein heißes Bad einlaufen lassen.
Das würden wir ja wohl mal noch sehen!
Also, nichts wie raus in den Tiefschnee.
„Aber nicht direkt vor unserem Haus.", befahl ich Jonathan.
„Sonst holt mein Vater die Schrotflinte raus und erschießt dich. Und wir wollen doch einen fairen Kampf, auch wenn wir beide wissen, dass du keine Chance hast!", meinte ich hochmütig. Da platzte Jonathan der Kragen. Wir waren noch nicht mal ums Eck bei der Straße, als er mich mitten auf dem verschneiten Gehweg um die Hüften packte und mich schräg in den Schnee warf. Ich schrie. Voll laut. Voll peinlich. Wie ein Mädchen!
Ich wehrte mich. Hatte aber keine reelle Chance. Kein Wunder. Jonathan ist einen Kopf größer als ich und lag direkt auf mir.Ich schlug wild um mich und kniff die ganze Zeit die Augen zusammen. Reflex. Ich hatte Angst dass ich Schnee in die Augen bekomme. Aber Jonathan bereitete es viel mehr Spaß, mir den Schnee um und in die Nase zu reiben. Und als ich mich nur noch winselnd im Schnee wand, da stopfte er mir den Schnee einfach in den Kragen.
Mann, war mir kalt! Und alles war voll nass. Ich schrie so laut, dass sich schon alle Leute auf der Straße nach uns umdrehten. War mir peinlich.
Egal.
Ich hab gefroren wie ein Känguru am Nordpol.

Jonathan ließ mich dann gehen und stand zufrieden mit verschränkten Armen vor mir.
„Na? Wo bleibt der Gegenschlag?".
Als ob er da noch fragen müsste! Weiß er doch, dass ich keine Chance gegen ihn habe.
„Ich wollt dir nur einen Vorsprung geben. Dein Therapeut hat gemeint, ich soll Dich nicht immer so unterdrücken. Du hast ja eh schon so ein minimales Ego!", erklärte ich ihm.

Jonathan blieb buchstäblich der Mund offen stehen. Hach, das tat gut.
„Hättest du nicht gedacht, hä? Dass wir Frauen auch was drauf haben!", warf ich ihm noch an den Kopf.
Jonathan war immer noch überrascht: „Nein, das hätte ich echt nicht gedacht. Würde ja fast ein gutes Bild von euch bekommen", stellte er doch tatsächlich überrascht fest.
Ich wollte schon beleidigt spielen, hab aber viel zu sehr gefroren. Wenn mir nämlich immer so richtig kalt ist, dann kann ich kaum noch meine Lippen bewegen und das fühlt sich alles total komisch um die Nase an.

In dem Moment kniff Jonathan auch schon frech die Augen zusammen. „..Wenn ich nicht wüsste, dass Du das nur sagst, weil Du mir vollkommen unterlegen bist!".
Mist.
Jetzt hat der schon wieder zum Gegenschlag ausgeholt. Wie macht der das nur immer, ich meine, dass er das letzte Wort hat??
Ich hätte zu gern was gesagt, um auch mal das letzte Wort zu haben. Leider bin ich darin nicht so geübt und zudem haben mir nach wie vor die Zähne geklappert.

„Auch ein gutes Argument", warf Jonathan dann auch gleich ein.
Muss der alles mitkriegen?

„Komm, du musst jetzt erst mal heiß baden! Du hast ja schon blaue Lippen!", sprachs, packte mich und brachte mich nach Hause.

An der Haustür angekommen druckste er kurz rum, dann meinte er: „Bis morgen Yeti!" grinste und ging.

Als ich im Haus war, fühlte ich mich wie ein Eisblock und mir triefte die Nase wie ein Gletscher unter einer Riesenrot-

lichtwärmelampe.
Ich schälte mir erstmal die feuchten Klamotten vom Leib und begab mich in die Badewanne. Und während ich mich auszog und in der Wanne lag, fiel mir mein kleiner, aber immerhin vorhandener Rettungsring am Bauch auf. Gerade mal 14 und schon Gewichtsprobleme!
Ich war schwer frustriert. Jonathan hat den bestimmt auch bemerkt als er mich durchgekitzelt hat. Ist mir voll peinlich. Hab mich entschieden nichts mehr zu essen. Nur noch Obst. Genau! Hach! Wie einfach! Ich mach ne Obstwoche und ruckzuck bin ich dünn.

Dienstag, der 30. März

Okay, das mit der Obstwoche fang ich erst morgen an. Heute früh wollte ich nur Obst essen. Meine Mutter hatte aber nicht damit gerechnet und schob mir das alltägliche Nutellabrot vor die Nase. Ich wollte protestieren und ihr sagen, dass ich nur noch Obst esse, weil ich zu fett bin.
Im selben Moment bemerkte ich ein saftiges Magenknurren in meinem Bauch. Meinem Magen war wohl das Nutellabrot genauso schmackhaft wie mir.
Also hatte ich den ersten Biss schon im Mund, als meine Mutter gerade erstmal den besorgten mütterlichen Blick aufsetzen konnte, der eine bevorstehende Magersucht der einzigen Tochter befürchtete. Da hatte ich aber schon zugeschlagen und mampfte vorerst zufrieden. So, dass ich mich danach darüber ärgerte, jetzt doch wieder gleich drei Nutellabrote gegessen zu haben, fand meine Mutter das irgendwie amüsant. Ich glaube, sie hat nun keine Bedenken mehr, dass ich jemals magersüchtig werden könnte.

In der Schule hat mich Jonathan heut total süß begrüßt. Er kam zur Klasse rein und hat erst mal mit Marc geschwätzt.

Ich saß schon am Tisch und irgendwie war mir schlecht. Das Nutella lag mir wohl doch im Magen, denn es rumorte heftig. Dann kam Jonathan und hat mir so leicht von hinten auf den Kopf gehauen und „Hey Yeti", gesagt.
Voll süß.
Im Unterricht haben wir dann zum ersten Mal beide Quatsch gemacht. Also so richtig. Die Sprüche, die er sonst immer nur zum Marc ablässt, so laut allerdings, dass sie eh die ganze Klasse hört, was auch Sinn und Zweck ist, wir sollen schließlich alle über seine Coolness lachen, die hat er heute zu mir gesagt. War total toll. Aber irgendwie kam ich mir dann etwas ausgeschlossen von meinen Mädels vor. Die drei haben nämlich untereinander Briefchen geschrieben und ich hab keines bekommen. War echt traurig.
In der Pause hat mich Nina dann auch gleich gefragt, ob ich in Jonathan verliebt bin. Ich hab natürlich nein gesagt und dass er ein Doofkopf ist. Aber irgendwie hatte ich das Gefühl ich würde lügen. Und ich glaub die Mädels denken genauso. Was ist denn jetzt kaputt?!

Mittwoch, der 01. April

April, April. Hab meine Mutter heute vergackeiert. Hab Salz in ihren Kaffee. Als sie ihn mit einem gesichtsverzerrten Blick ausgespuckt hat, hab ich mich halb totgelacht und total gefreut, dass sie auf diesen billigen Gag reingefallen ist und „April, April" geschrien. Das mit dem Salz müsste sie jetzt wirklich langsam wissen. Mach ich schließlich seit drei Jahren.
Meine Mutter stand immer noch schockiert in der Küche rum, während ich gut gelaunt und amüsiert in mein Nutellabrot biss.
Iiih, was war das denn? Ich hab das Stück Brot aus meinem Mund sofort wieder ausgespuckt. Das schmeckte ja furcht-

bar! Was war denn damit passiert?
Meine Mutter grinste und meinte: „April, April!", und freute sich tierisch, dass ich auf ihren Scherz reingefallen bin. Haha!
Den Salztrick mit Nutella zu machen war wesentlich gemeiner, als mit Kaffee. Denn immerhin kann man den Kaffee einfach so rausspucken. Aber Nutella klebt so an dem Gaumen und an den Zähnen, und so hat man den Geschmack dann überall hängen. Echt ätzend. Dazu hatte meine Mutter nicht nur Salz drauf, sondern auch Paprikagewürz und Basilikum. Wirklich, tolle Mischung (Ironie!).
In der Schule ging der Spaß weiter. Wir wollten unseren Lehrern wie jedes Jahr einen Streich spielen.
Für die Schmalzmahlzahn hatten wir die Heizung und den Rand am Pult mit weißer Kreide angeschmiert. Denn die lehnt sich immer so an die Heizung und an dem Pult. Und dann hatte sie später überall weiße Streifen am Popo.

Bei dem etwas verwirrten Herr Walther, unser Chemielehrer, haben wir gedacht, wir tun ihm doch glatt mal einen Gefallen und machen ein chemikalisches Experiment mit ihm. Wir haben einfach so gemacht als sei er unsichtbar!
Also keiner von uns hat ihn angeschaut und wir haben dann so getan, als würden wir uns wundern wo Herr Walther bliebe. Marc ist dann sogar angeblich zum Sekretariat gegangen, um zu fragen, wo denn Herr Walther sei.
Und der ist fast wahnsinnig geworden. Am Anfang hat er es gar nicht gecheckt, später dann hat er gemeint, haha, der Spaß wäre jetzt zu Ende. Ich musste mich immer zu den Mädels rumdrehen, sonst hätte er mein Lachen gesehen.
Der arme Herr Walther ist dann ganz hysterisch geworden und wusste gar nicht mehr, was er tun soll. Dann hat er jedem damit gedroht, ihm einen Verweis zu schreiben. Wegen Missachtung der Autorität, wie er sich ausdrückte.
Und unsere Streber Helmuth und Holger haben natürlich auch nicht mitgemacht und ihm die geforderten Hausarbei-

ten auf den Tisch gelegt.
Das sind solche Spaßverderber! Wir haben uns dazu entschlossen, diesen beiden bei nächster Gelegenheit eins auszuwischen.

Die anderen Lehrer mussten dann immer pupsen. Also nicht wirklich. Wir haben ihnen ein Pupskissen auf den Stuhl unter das Kissen gelegt. Die Lehrer fanden es albern, ich total genial. War echt ein cooler Schultag.
Na ja, bis auf, dass Jonathan mich auch reingelegt hat. Ich kam nach der kurzen Pause wieder ins Klassenzimmer und hab mich auf meinen Platz neben Jonathan gesetzt. Da hatte der Lümmel doch glatt auch mir das Pupskissen untergeschoben. Ich hab grinsend das Gesicht verzogen und wollte eigentlich schon sauer sein. Ich bin doch schließlich kein Lehrer!
Da ist mir aber eingefallen, dass Jonathan mich ja grad geärgert hat und nach Nina´s Auffassung wäre das ja fast eine offene Liebeserklärung. Wow!

Donnerstag, der 02.April

Jonathan war heut wieder ziemlich lustig. Er hat nur Quatsch gemacht und wir waren zusammen unschlagbar in Mathe. Dann in der Pause stand ich bei den Mädels und Nina meinte, wenn ich jetzt mit Jonathan zusammen bin, dann würde sie aber auch mit Marc gehen wollen. Denn sonst ist sie ja als einzige ein Single.

Marie und Lilly haben Nina dann ganz vorsichtig mitgeteilt, dass sie ja auch Single sind. Und ich auch! Aber da haben mich die Mädels nur so angeschaut, gegrinst und gemeint: „Ja, ja!". Was sollte das jetzt bitte heißen?

Donnerstag, der 02. April, später

Meinten die jetzt, ich bin in Jonathan verliebt? Also echt nicht!

Donnerstag, der 02. April, noch später

Also, das können die doch echt nicht gemeint haben! Ich verlieb mich doch nicht! Noch dazu in Jonathan! Nur noch mal, um sich das auf der Zunge zergehen zu lassen: JONATHAN!!!
Niemals könnt ich mich in ihn verlieben!

Und überhaupt. Woher wollen wir überhaupt wissen, was Liebe ist?
Nicht mal meine Mutter kann es mir richtig erklären. Wenn ich sie frage, dann verwirrt sie mich immer total. Woran man es feststellen kann, dass man verliebt ist und woran nicht. Manchmal stimmt diese Regel aber nicht. Und manchmal wüsste man gar nicht dass und in wen man verliebt ist, obwohl man verliebt ist und manchmal würde man denken, man sei verliebt, dabei ist man es gar nicht!

Also bitte, wenn meine Mutter es schon nicht weiß, wer dann? Und die müsste es schließlich wissen. Immerhin ist sie verheiratet.

Freitag, der 03. April, morgens, sehr früh morgens

Also ich hab mich jetzt nach einer schlaflosen Nacht, entschieden. Ich warte jetzt erst mal ab. Je nachdem wie das Wochenende wird.

Entweder Jonathan ist dann in mich verliebt und ich kann mich dann entscheiden, ob ich es auch bin, oder nicht!
Auf jeden Fall ist er schließlich der Mann! Und deshalb muss es seine Entscheidung sein!
Wobei eigentlich ja nicht. Ich bin schließlich eine emanzipierte, wenn auch noch keine ganze, Frau. Dann aber immerhin ein emanzipiertes Mädchen.
Tss. Nee. Ich werde mich niemals in Jonathan verlieben!

Und wieso um Himmels willen mach ich mir eigentlich schon die ganze Nacht darüber Gedanken. Ich mag ihn doch gar nicht. Er ist nett. Mehr nicht. Nett. Wobei nicht mal. Er ist ein Junge. Und er ist in meiner Klasse. Und er ist cool. Und er hängt immer mit Macho Marc zusammen und überhaupt kann ich Jungs nicht ausstehen. Ihn schon gar nicht. Mann, hab ich jetzt ne Wut. Und jetzt muss ich auch noch in die Schule zu diesem Sumpfkopf!

Freitag, der 03. April, abends

Hm, Jonathan ist komisch. Also, heute Morgen bin ich dann etwas schlecht gelaunt runter zum Frühstück. Weil ich doch vorher so lang über Jonathan nachgedacht hatte. Und dann hat mir meine Mutter auch noch einen Obstteller hingestellt!
Ich hab sie auch gleich angepflaumt, was das soll. Wo bitte war mein gewohntes Nutellabrot mit Erdbeerkaba?
Meine Mutter meinte doch tatsächlich, ich wollte doch Diät machen! Spinnt die? Ich bin 14! Soll ich vielleicht magersüchtig werden?
Meine Mutter beharrte aber auf das Obst und meinte, das sei außerdem gut für mein Wachstum und meine Konzentration. Wenn ich den Obstteller aufgegessen hätte, dann dürfe ich gerne noch ein Nutellabrot essen. Nein, wie gütig.

War jedenfalls nicht so gut drauf, obwohl ich eigentlich schon gut gelaunt war. Aber ich wollte nicht. Nee, so nicht! Ich lass mir doch nicht die ganze Zeit von einem Jungen auf der Nase rumtanzen!
War natürlich mal wieder vor Jonathan da.
Nina, Marie und Lilly waren auch schon da und haben noch schnell von mir die Mathehausaufgaben abgeschrieben. In der Matheklausur hab ich übrigens ne zwei plus geschrieben. Hab mich wahnsinnig gefreut. Jonathan hat sogar ne eins.
Kein Wunder, der hat es da ja auch voll drauf. Und er war dann ganz lieb zu mir und hat gemeint, er will sich meine Klausur noch mal ansehen und gucken, was ich falsch gemacht habe. Er hat den Fehler dann auch gleich noch mal erklärt. So, noch mal passiert mir das nicht!

Jedenfalls kam er ja erst mal morgens und war ziemlich blass um die Nase. Er hat mich zwar freundlich begrüßt aber irgendwas hat nicht gestimmt.
„Ist was?", fragte ich denn auch besorgt.
Er lächelte etwas gequält.
„Na ja, ich hab kein Bock auf die Deutschklausur jetzt. Da haben wir ja auch nicht so viel gelernt. Ist etwas unfair. Mathe kann man einfach lernen zu rechnen. Aber einen Aufsatz schreiben können, das muss man in sich haben. Das krieg ich nie hin!".
Er tat mir leid.
Ist echt ein bisschen blöd, wenn man nicht so schreiben kann. Mir fällt das ja nicht so schwer. Genauso wenig wie das Reden. Aber da geht's irgendwie allen Mädels so ähnlich. Wir haben immer ganz gute Noten in den Aufsätzen, die Jungs eigentlich nie. Nicht mal unsere beiden Streber.
„An deiner Stelle würde ich das ganze mathematisch angehen!", riet ich Jonathan fachmännisch.
„Wie meinst du das?", fragte er.
Na ja, das war mir jetzt auch nicht so klar. Ich überlegte haarscharf.

Da gab mir Nina mein Matheheft zurück, bedankte sich fürs Abschreiben und meinte, dass ihr die Rechenwege zwar immer noch nicht klar wären, aber jetzt würden die Ergebnisse wenigstens mal stimmen.
Genau! Das war's!

„Also pass auf: Deutsch ist im Prinzip wie Mathe! Du hast Deine Aufgabenstellung: Die für den Aufsatz gewünschte Charakteristik ist X, die Handlung Y. Um XY gleich Null zu bringen, musst Du also eigentlich nur noch den Rechenweg finden. Dein Ergebnis ist also die Charakteristik mal die Handlung und du kriegst dein Ergebnis gleich null. Zwischendurch musst Du auf dem Rechenweg natürlich noch beachten, das X und Y jeweils ihren Weg finden müssen, um zueinander zu kommen. Spannung braucht man schließlich beim Rechnen wie beim Schreiben. Wichtig ist also einfach nur ein spannender Anfang, ein differenzierter Rechenweg und ein Ergebnis mit der Moral von der Geschicht und ruck zuck hast Du Dein Ergebnis – Aufsatz meine ich!".
Jonathan schaute mich fasziniert an.
Ja, auch ich hab was drauf.
Allerdings muss ich sagen, ich war selbst überrascht von mir. Und etwas verwirrt auch. Hatte ich jetzt alles richtig erklärt? Und hatte er es jetzt verstanden?
Sah aber in der Klausur so aus. Jedenfalls hat er geschrieben wie der Teufel. Na gut, nicht ganz so. Aber immerhin hat er knapp zwei Seiten geschrieben. Das ist für einen Jungen schon viel!
Er war dann auch ziemlich gut drauf und hat im Physikunterricht Nina alles vorgesagt, als sie abgehört wurde und natürlich nichts konnte.
Und ich war irgendwie richtig stolz auf ihn. Denn irgendwie war seine ja auch meine Leistung. Und ich hab auch ganz vergessen, weshalb ich heute Morgen so böse war.
Und eigentlich hab ich auch vergessen, weshalb ich nicht in ihn verliebt sein sollte. Immerhin bin ich schon 14!

Samstag, der 04. April

Puh, was für ein actionreicher Tag! Muss auch gleich wieder los. Hab also nicht viel Zeit. Folgendes, bevor ich nachher wieder alles vergesse hier reinzuschreiben. Heut ist mein absoluter Glückstag! Bis jetzt jedenfalls.

Denn ob man's glaubt oder nicht, das Telefon stand bei uns heute nicht still. Und dabei hatte nicht mal einer in unserem Haus Geburtstag.

Erst rief Nina an und wollte wissen, was ich heute Abend mache. Sie schlug vor, wieder ins „Juze" zu fahren (so nennen wir jetzt die Teeniedisko im Jugendzentrum. Juze klingt ja wohl auch echt besser als Teeniedisko!).
Klar, ich war dabei.
Zwei Minuten später rief Marie an und fragte, ob ich heute Nachmittag Zeit hätte zum Bladen. Klar, ich war dabei.
Ich musste Marie dann aber aus der Leitung schmeißen, weil es schon wieder anklopfte. Lilly. Ob ich nicht mit ihr ein Eis essen wolle, mittags. Klar, ich war dabei.
Nach meiner Zusage an Lilly wollte ich endlich das Telefon beiseite legen, da klingelte es schon wieder. Es klingt jetzt blöd, aber ich hab echt noch so gedacht, das ist bestimmt der Jonathan.
Also ich hab's mehr so unterschwellig und jetzt nicht so bewusst gedacht. Aber ich hab's doch irgendwie gespürt. Und dann war er es tatsächlich!

Er hat gemeint, ob er in der nächsten Stunde vorbei kommen könnte zum Lernen. Klar, ich war da.
Als ich aufgelegt hatte freute ich mich wie eine atomgeladene Kartoffel. Mann, so viele Einladungen.
Erst Jonathan und dann, ja wer eigentlich? Jetzt hatte ich doch tatsächlich vergessen mit wem ich was ausgemacht hatte.
Also rief ich die Mädels alle zurück, um nochmals die Zeiten

zu vereinbaren. Dann stellte sich heraus, dass wir ja eh alles zusammen machen. Dann haben alle noch mal telefoniert, um was auszumachen und dann noch mal angerufen, um endgültig alles zu klären und dann hat mein Vater geschrien, ich solle jetzt endlich aufhören zu telefonieren, oder ich würde die nächste Rechnung zahlen. Hat gewirkt, hab aufgehört. Obwohl ich ehrlich gesagt nicht verstehe, wenn Eltern sich auch darüber aufregen, wenn man telefoniert, obwohl man angerufen wurde. Kostet die doch nix. Stört sie das etwa, wenn ich in meinem Zimmer ohne Rechnung telefoniere? Wo bitte liegt da das Problem?

Jonathan kam dann jedenfalls und wir haben angefangen zu lernen. Er war voll nett. Wir haben bisschen Bio gemacht, weil da nächste Woche abgefragt werden soll und dann Englisch für Dienstag.
Um halb zwei meinte Jonathan, er müsse jetzt dann gehen, er muss heim zum Essen und geht später noch bladen. Ich meinte dann so beiläufig zu ihm: „Na dann sehen wir uns ja später.". Er schaute mich etwas überrascht an.
Was ist? Denkt der ich habe kein Leben? Oder dachte er etwa, ich gehe davon aus, dass er mich mitnimmt? Ich lachte.
„Keine Angst, du musst mich nicht mitnehmen. Ich treffe mich um kurz nach zwei mit meinen Mädels". Jonathan schluckte kurz und meinte voll süß schüchtern „ach so". Übrigens kann ich es noch überhaupt nicht verstehen, dass ich zu einem Jungen süß sage. Muss die Pubertät sein!
 Beim Bladen traf ich dann tatsächlich auf Jonathan und den Rest seiner Mannschaft und er grüßte mich so nett und ich ihn zurück, lächelten uns nett, aber reserviert an, und dann ging jeder seiner Wege.
So wie sonst auch immer.
Jungs in der einen Ecke, die Mädels in der anderen. Begibt sich eine Gruppe in die Mitte des Platzes bedeutet das, dass sie bereit zur Schlacht ist. Dann kommt die andere auch ganz zufällig und man beschimpft sich.

Heute nicht. Jeder blieb in seiner Ecke und die Mädels fragten mich, wann ich Jonathan das letzte Mal privat gesehen hätte. Ich antwortete wahrheitsgemäß: „Heute morgen. Wir haben Bio gelernt und Englisch gemacht.".
Die Mädels schauten mich leicht schockiert an.
Nina war natürlich etwas entrüstet und meinte, sie müsse jetzt echt mal ranklotzen, sonst stehe sie nachher noch ohne Freund da. Lilly und Marie sagen da schon gar nix mehr. Denn sie haben ja auch keinen. Ich übrigens auch nicht. Falls das schon jemand vergessen hat: Jonathan ist zwar nett und süß, aber deshalb muss ich ja nicht gleich in ihn verliebt sein! Oder?!

Sonntag, der 05. April

Oh Mann, ich glaub ich bin verliebt. Also ich könnte es jetzt ja nicht hundertprozentig beschwören. Aber doch ja, so ein bisschen. Schöne Scheiße! Ich hab keine Ahnung, was da jetzt auf mich zukommt.

Folgendes: Nach dem Bladen gestern sind wir alle heim, um uns für den Abend fertig zu machen. Bevor wir aber vom Platz sind und ich als letzte vom Feld gerollt bin, kam mir Jonathan ganz zufällig entgegen, der gerade ganz zufällig ausgerechnet jetzt zu seinem Rucksack rollern musste, der da am Eingang zum Skaterplatz stand (voll süß!).
„Hey Yeti, geht ihr schon?", fragte er.
„Ja", war meine kurze knappe Antwort. Er schaute etwas verwundert und ich hatte das Gefühl, dass er vom Verlauf dieses Gespräches nicht sehr angetan war.
Also dachte ich mir, ich bin mal so nett und spreche länger mit ihm: „Ja, uns ist kalt, außerdem wird's ja auch schon gleich wieder dunkel und dann gehen wir heut Abend noch in Juze!".

„Echt, ihr geht ins Juze?". Das klang doch jetzt echt mal nett und aufgeschlossen.
Sollte ich etwa noch länger mit ihm reden, so vor allen anderen?
Bis jetzt hatten wir das ja doch noch gemieden. Aber bitte, wenn er meint.
„Ja, wir wollen heute Abend noch ein bisschen feiern. Die gelungenen Klausuren diese Woche!", dabei musste ich grinsen und auch Jonathan musste lachen.
„Na, dann müsste ich ja eigentlich auch kommen, schließlich hängt da auch mein Verdienst dran!".
„Echt, du kommst heut?", fragte ich ihn erfreut.
„Ja, nee, weiß noch nicht. Marc wollte eigentlich mit mir ins Kino gehen. In irgend so einen Science-Fiction-Film. Aber ich muss mal schauen. Eigentlich hab ich darauf gar keine richtige Lust.".

Was muss ich jetzt sagen? Soll ich ihn jetzt etwa einladen? Soll ich sagen, tja, Pech gehabt?
Nein, das würde abwertend klingen. Also mir fiel echt nichts dazu ein.
„Na ja, dann finde mal raus, auf was Du Lust hast und dann schauen wir mal. Vielleicht sehen wir uns dann ja heute Abend. Machs gut!".
Damit lächelte ich ihn noch mal an, drehte mich um und fuhr davon.

Also nur bis ums Eck zu meinen Mädels. Aber das verwunderliche ist doch, dass ich das ganz ohne Stolpern und Peinlichkeiten hinbekommen habe. Vielleicht werde ich ja jetzt doch mal erwachsen? Mann, das wäre ein Ding!

Abends dann ab ins Juze! Ich sah übrigens echt toll aus. Meine Mutter hatte mich geschminkt und mir die Klamotten rausgesucht, weil sie dagegen war, dass ich mein Sommeroutfit trage. Sie meinte, selbst wenn ich im Juze den Wintermantel

anlasse. wäre das noch zu kalt.
Als wir ankamen war noch nicht viel los. Steffi und ihre blöden Eierlöcher waren auch da.
Hat uns aber nicht weiter gestört, sondern nur unterhalten. Und weil noch keiner sonst da war, den wir kannten, haben wir uns ne Coke geholt (Coke klingt cooler als Cola, wir sind schließlich die coolere Clique, haben wir beschlossen).

Mit der Coke sind wir uns dann in ein Eck verzogen und haben über die Eierlöcher und Steffi abgelästert. Hat richtig Spaß gemacht.
Dann war ich allerdings auf einmal ziemlich schweigsam. Nämlich da, als ich festgestellt habe, dass Jonathan mit Marc zur Tür reinkommt.
Jonathan kam sofort auf uns zugesteuert und begrüßte uns. Und ich kann es ja nicht beschwören, aber er hat mich die ganze Zeit angeguckt und auch immer versucht, mit mir zu reden und so.
War irgendwann echt irritiert, aber ich hab mich echt gut mit Jonathan verstanden.
Und Nina hatte auch ihren Spaß und ihre große Chance bei Marc. Die beiden haben nämlich nur rumgestritten. Aber auf einmal war Nina dann ganz lieb. Hat Marc echt voll irritiert. War lustig mitanzusehen, aber ich wollte nicht vor Jonathan so über seinen Kumpel ablästern. Ist manchmal eben doch ganz gut, wenn Frauen unter sich sind.

Das waren an dem Abend gestern nämlich nur Lilly und Marie. Und die beiden haben sich auch die ganze Zeit angeregt über Schule, Jungs und die Welt unterhalten.
Mann, an einem Abend alle glücklich. Muss ich mir im Kalender eintragen.

Aber das ist es ja noch gar nicht, was mich so vielleicht eventuell verliebt macht in Jonathan.
Klar, wir haben den ganzen Abend geredet. Aber das Beste

kommt ja erst noch, denn als wir alle gehen wollten, hat Jonathan gemeint, er bringt mich noch nach Hause. Da wurde mir auf einmal ganz schlecht.
Ich hab das Gefühl in meinem Popo und Bauch rennen lauter Ameisen oder Schmetterlinge rum. Und spätestens bei Schmetterlingen kam mir der Gedanke: „Du bist doch nicht verliebt?!".

Wurde dann aber doch noch schwer zu beantworten. Denn den ganzen Weg über war er so nett und lieb.

Vor unserer Haustüre kam es dann zum Showdown. Denn es war klar, dass ich jetzt irgendwann mal reingehen musste, auch wenn wir schon ne halbe Stunde draußen standen und wir uns super unterhalten hatten.
Probleme gab's allerdings für mich.
Erstens wurde mir immer schlechter und ich wurde immer nervöser, und zweitens war mir kalt. Ist immerhin Anfang April. Ich meinte dann auf jeden Fall: „Ja, also, ich geh dann wohl mal rein!". Und blieb stehen. Jonathan meinte: „Ja..".
Mann, mal wieder ein Wahnsinnsgespräch.
Jetzt standen wir immer noch so blöd rum.

Ich nickte ihm noch mal zu und wollte mich schon umdrehen. Da meinte er plötzlich: „Ich ruf dich morgen an, ja?".
Ja, zum Lernen oder?
Das fragte ich nicht, aber ich dachte es.
Doch er sagte nichts.
Ja dann, dachte ich mir.
Dann halt nicht.
Und dann drückte er mir noch so schnell einen Bussi auf die Wange, so dass er sie kaum getroffen hat.
Dann meinte er noch mal „Tschüß", sah mir in die Augen und blieb stehen.

Komische Situation.

So verspannt.
Was denn los? Wir sind doch Klassenkameraden!
Aber mir war auch ganz schlecht.
Also drehte ich mich um, nachdem ich ihm noch mal zugenickt hatte und ging in Richtung Haus. Und auch er setzte sich dann in Bewegung, um heimzugehen.

Mir war echt schlecht. Bin erst mal ins Bad um mich abzuschminken und zu regenerieren. Aber umso länger ich daheim war, umso nervöser wurde ich. Und heute Nacht konnte ich gar nicht schlafen. Ich hatte durchweg nur an Jonathan gedacht und mich über den tollen Abend gefreut.
Bin ich jetzt doch verliebt? Vielleicht!
Aber spielt jetzt auch keine Rolle. Bin immerhin erst 14 und noch viel zu jung für die Liebe, sagt jedenfalls mein Vater.
Na ja, mal sehen.

Sonntag, der 5. April - immer noch verliebt!

Bin ich jetzt mit Jonathan zusammen? Ich hab keine Ahnung.
Also, wie ist das?
Er hat mich geküsst?
Bin ich jetzt seine Freundin?
Zählt ein Bussi auf die Backe überhaupt als Kuss?
Oder ist das mehr so ein Ding zwischen Mann und Frau und damit geht's nicht weiter?
Was ist jetzt eigentlich los?
Und warum ist mir den ganzen Tag schon so schlecht?

Sonntag, der 5. April - ich bin natürlich nicht verliebt!

Ich hab noch mal so darüber nachgedacht und finde es total bescheuert. Natürlich bin ich nicht verliebt!
Geht's noch?!
In Jonathan!
Soweit kommt's noch!
Den ganzen Tag denke ich schon an den Schnösel!
Das macht mich wahnsinnig!
Und auf so was hab ich überhaupt keine Lust!
Ich lass mich doch nicht aus meiner totalen Ruhe bringen!

Sonntag, der 5. April – oh ich bin so verliebt!!!!

Er war da! Ich glaubs nicht. Er war echt wirklich da! Und das Beste ist: Er war sooooo süß!
Mega! Mein Vater hat grad angefangen die Sportschau zu gucken und ich wollte grad die allsonntagliche Diskussion mit meiner Mutter anfangen, dass wir Damen des Hauses schließlich in der Überzahl sind und deshalb die Macht über das Programm haben sollten. Oder zumindest einen eigenen Fernseher. Am Besten in meinem Zimmer. Aber da ist meine Mutter dagegen! Toll! Wo bitte ist da der weibliche Zusammenhalt?
Stattdessen schaut sie mit meinem Vater die Sportschau und bügelt seine Hemden! Beides Dinge, die ihr nicht taugen!
Umso zufriedener war ich gerade von dem Entschluss, nicht verliebt zu sein und das auch niemals zu werden.
Schließlich will ich nicht so enden!

Ausgerechnet jetzt klingelte es an der Haustür! Und wer musste sich wieder erheben, um die Tür zu öffnen? Natürlich ich! Ich befürchtete schon, dass es unsere nervige Nachbarin Else ist, aber nee, es war Jonathan!

Er stand total eingeschüchtert vor unserer Haustür und sagte nur „Hi!".
Ich war so überrascht, dass ich auch nicht mehr raus bekam!
„Hi!", und damit ließ ich es erst einmal gut sein.
Er stand etwas unschlüssig vor und ich in der Tür. Was muss ich jetzt machen?
„Hör mal", fing er auf einmal an, „das von gestern Abend, also das hier, vor eurer Tür, also das, na du weißt schon..", dabei schaute er ganz beschämt auf den Boden.

Oh Gott, will er mir jetzt sagen, dass er betrunken war von den Cokes und ich mir bitte bloß nichts darauf einbilden soll?
Ja schon klar, hab´s verstanden.
Gott wie peinlich.
Was sag ich jetzt?
Vergiss es, hat mich eh nicht interessiert?!
Wäre gelogen, aber wer würde einem so etwas in einer solchen Situation schon verübeln?
„also das war genauso gemeint!".
Waaaas?

Ich starrte Jonathan an. Er schaute mich nur ganz kurz an und dann sofort wieder auf seine Fußspitzen.
„Das war so gemeint. Ich wollte nur wissen ob du.., na ja.., ob du es irgendwie schlimm fandest..., also ob es für Dich.., na ja..., also.., eigentlich wollte ich dir nur nen schönen Abend wünschen!".
Damit schaute er mich noch mal kurz an, drehte sich um und ging wieder Richtung Gartentür.

Hey, war das gerade eine Liebeserklärung?
Also für ein Mädchen nicht.

Aber Jonathan war definitiv ein Junge. Und für ihn war es dann wohl eine!

Ich rannte ihm hinter her. „Jonathan! Jonathan warte!".
Er drehte sich um.
Und ehe ich mich versah küsste ich ihn!
Mein Gott.
Ich hab noch nie einen Jungen geküsst! Also, es war irgendwie komisch. Aber auch total schön. Es war fremd und auch vertraut. Es war total seltsam. Aber er hat so weiche Lippen. Hätte ich von einem Jungen nie erwartet. Und er küsst so gut! Soweit ich das beurteilen kann. Es war jetzt zwar kein filmreifer Kuss, denn küssen ist irgendwie komisch. Das mit den Zungen und Lippen und die Zähne da raushalten, also wenn ich das so schreibe, klingt das echt eklig. Ist es eigentlich ja auch. Aber gestern war es nicht so schlimm. Eigentlich gar nicht. Eher war ich mega nervös, hatte super viele Ameisen im Hintern und mein Herz raste. Aber es fühlte sich richtig an.

Aber irgendwann hörten wir auf uns zu küssen. Ich war total aufgeregt. Aber auch sehr glücklich.
Jonathan strahlte auch.
„Gehst du immer mit Hausschuhen aus dem Haus um irgendwelche Jungs zu küssen?".

Ich schaute an mir runter.
Gott wie peinlich!
Ich hatte meine Tigerkrallenpfoten-Hausschuhe an.
Ich presste grinsend die Lippen aufeinander.
„Also eigentlich hab ich das noch nie getan!".
Und damit küsste ich ihn gleich noch mal.
Mann, ich dachte immer, küssen sei nix für mich! Aber es ist verdammt cool!!

Montag, der 06. April

Gestern Abend ging es mir verdammt gut. Obwohl eigentlich war mir verdammt schlecht.
Ich fühlte mich so aufgewühlt.
Als Jonathan dann wieder gegangen war, kam ich super mega grinsend zurück ins Haus, da stand eine grinsende Mutter mit verschränkten Armen.
Ich musste noch mehr grinsen.
Sie nahm mich sofort mit auf mein Zimmer und ließ sich alles erzählen. Von Anfang bis zum Kuss, der hoffentlich nicht das Ende war.
Meine coole Mutter meinte: nein. Gute liebe Mutter!
Sie meinte der nächste Tag in der Schule sei gefährlich. Und wenn der zweite Kuss kommt. Denn der sei immer entscheidend! Böse Mutter!

Jetzt war mir wieder nur schlecht und ich war nicht mehr glücklich.
„Weißt du, meine Maus", hey, ich bin grad geküsst worden. Da weiß ich nicht, ob es noch angebracht ist, wenn meine Mutter Maus zu mir sagt!
„Die Schule ist einfach eine andere Sache als zu Hause. Erstens musst du dich natürlich schon weiterhin genauso auf deine Noten konzentrieren", ach, wen bitte interessieren jetzt die Noten?
„Und dann sind natürlich eure ganzen Freunde immer dabei. Die werden vielleicht über euch lachen oder gemein sein!".
Ja, daran hatte ich auch schon gedacht.
Aber mal ehrlich. Wenn Jonathan und ich jetzt zusammen sind (oh wie cool sich das anhört, wenn Jonathan und ich jetzt zusammen sind), dann werden wir auch eine Lösung finden. Und wir sind ja schließlich nicht das erste und einzige Paar an unserer Schule!

„Wenn es Probleme gibt, bin ich auf jeden Fall für dich da!".

Mann ist meine Mutter cool!
„Aber über Sex reden wir noch, meine junge Dame!".
Iiih, ist meine Mutter eklig! Das interessiert mich wohl ehrlich noch nicht. Oder ob ich daran jetzt denken muss? Immerhin bin ich jetzt wahrscheinlich die Freundin von einem Jungen. Und Sex ist es doch, was Jungen wollen oder?

Ääh, ich aber nicht.
Hilfe, da muss ich unbedingt mit Jonathan darüber sprechen. Falls wir so was schon ansprechen. Meine Güte ist das kompliziert! Irgendwie hab ich das Gefühl, mein Leben war früher leichter. Jetzt wird es wohl nie mehr so, wie es einmal war...

Montag, der 06. April

Heute morgen war ich schon um sechs Uhr wach und konnte auch absolut nicht mehr schlafen. Also habe ich mich auch sofort angezogen, kurz gefrühstückt und meiner Mutter erklärt, die gerade mal auf dem Weg zum Bad war, dass ich schon los muss. Schwuppdiwupp war ich auch schon aus dem Haus. Nichts wie ab zu Nina. Nina saß schon beim Frühstück, sie steht immer schon ne Stunde bevor sie aus dem Haus geht auf, damit sie sich an den Tag akklimatisieren kann.

Ich hab Nina dazu genötigt jetzt sofort ihr Frühstück zu unterbrechen, sie mit auf die Straße gezerrt, um Lilly abzuholen.
Die stand noch mit verstrubbelten Haaren da und brauchte ewig, um endlich fertig zu werden. Dann, tausend Jahre später, konnten wir endlich los, um zu Marie zu laufen. „Was ist denn eigentlich los?", fragte Lilly noch total verschlafen.
„Ich muss euch was Wichtiges erzählen!", war meine kurze und knappe Antwort!
Marie war nicht weniger überrascht als wir vor ihrer Tür

standen wie alle anderen zuvor auch!
Marie musste noch frühstücken. Also aßen wir mit.
Maries Mutter deckte schnell für uns vier, es gab Kaba und Nutellabrötchen. Genau die richtige Umgebung, um mit meiner wahnsinnigen Neuigkeit herauszuplatzen.

„Jonathan und ich sind zusammen! Er hat mich geküsst, das erste Mal am Samstagabend!"
Hier hatten sie alle schon kugelrunde Kulleraugen.
„Das zweite Mal gestern. Er stand vor meiner Tür und hat gesagt, dass er es ernst gemeint hat. Dann ist er gegangen, ich ihm hinterher und habe ihn geküsst. Und dann wir uns beide noch mal, und noch mal..!" Ich musste schon wieder so grinsen.

„Mit der Zunge?", das war Marie und es klang fast schon ein bisschen hysterisch!

Ich grinste nur und nickte leicht.
Nina und Lilly waren sichtlich beeindruckt. Nina schaltete aber sofort.
„Du weißt nicht, wie du jetzt in der Schule zu ihm sein sollst!".
Mein Gesicht verwandelte sich sofort von grinsend zu ernst.
„Ja!".
Betroffenes Schweigen. Na toll. Das half meiner Stimmung nicht gerade.
Doch glücklicherweise haben wir Nina. Sie entwarf gleich einen Schlachtplan, die jegliche Reaktionen von ihm, Marc und all ihren Freunden, der gesamten Klasse, Schule, Lehrerschaft und uns beinhaltete. Und natürlich gab sie auch mir zu jedem Beispiel einige Tipps, wie ich mich verhalten sollte. Es waren nur so viele Beispiele und Tipps, dass ich mir überhaupt nicht einen einzigen behalten konnte.

Gott sei Dank warf uns Maries Mutter dann raus, weil wir in

die Schule sollten. Umso näher wir an unsere Schule kamen, desto schlechter wurde mir.

„Na und", versuchte ich mir einzureden, „wenn's nicht sein soll, dann eben nicht. Dann seid ihr jetzt heute eben nicht mehr zusammen." Komischerweise stimmte mich das aber ganz schön traurig.

Wir liefen schon zum Schulhof rein, als Nina nochmals zusammenfasste, auf was ich mich jetzt einlassen und nicht einlassen sollte. Da huschte Lilly auf einmal neben mich und flüsterte leise zu mir: „Sei einfach nett, lächle ihn an, zeig ihm das er dir was bedeutet, aber erwarte nichts. Er ist doch nur ein Junge!".

Und dabei lächelte sie mich total ermunternd an. Ich schaute sie so dankbar an. Marie strich mir kurz und ganz lieb über den Arm und Nina gab mir in ihrem Redefluss und Wortschwall einen ermunternden Klaps auf den Hintern. Echt, ich liebe meine Mädels. Wenn ich sie nicht hätte...

Jetzt war mir nur noch zum Teil schlecht als wir ins Klassenzimmer kamen. Jonathan stand gerade bei Marc am Tisch als er mich reinkommen sah. Daran das Marc keine Notiz von mir nahm erkannte ich, dass er von nichts wusste.

Und auch meine Mädels benahmen sich erstklassig. Sie verhielten sich ganz normal und gingen gleich zu ihren Tischen und ich zu meinem und Jonathans. Der blieb noch kurz bei Marc stehen und unterhielt sich mit ihm, schaute dabei aber immer zu mir. Kurz darauf kam er auch schon und meinte ganz süß und lächelnd „Hi", ich : „Hi!".

Und ich hatte ehrlich das Gefühl, mir fällt der ganze Mount Everest vom Herzen. Mein Herz klopfte wie wild und ich konzentrierte mich total auf Ein- und Ausatmen.

Wir hatten in der 1. Stunde erst mal Mathe und Herr Schulz kam wie immer pünktlich. Doch ich konnte mich während des ganzen Unterrichts überhaupt nicht richtig konzentrieren. Ich hab ständig zu Jonathan rüber geschielt. Ich glaub

aber auch, er war sich unsicher und total neben sich.
Wir haben dann den Schultag mehr oder weniger rumgebracht. Er war zwar total lieb und nett zu mir, aber das war's dann auch.

Nach der 6. und letzten Stunde kamen sofort die Mädels zu mir um zu fragen wie das jetzt noch war. Jonathan wurde sofort von Marc geholt, weil der irgendwie noch in die Stadt will. Jonathan und ich haben uns dann nur noch mal so angeschaut und zugenickt. Ich war total enttäuscht. Mann, wie läuft das denn jetzt?

Ist das eine Beziehung?
Sind Jonathan und ich überhaupt zusammen?

Meine Mutter hat vorhin natürlich sofort gefragt, wie es denn in der Schule war. Ich hab gemeint, dass es schon ganz okay war. Im Prinzip hätte ich auch gar nichts sagen brauchen, denn sie hat bestimmt schon gemerkt, dass es nicht so toll war als ich zur Tür reingekommen bin.

Scheiße!

Montag, den 06. April, Nachmittag

Ich bin so enttäuscht. Ich glaube, ich gehe jetzt zu Jonathan um ihn zu fragen, was jetzt eigentlich los ist. Ich meine, dann hätte ich ihn lieber nie geküsst, wenn es danach so kompliziert und schrecklich wird. Da hilft es mir auch nichts, wenn meine Mutter sagt, dass es bei der ersten Freundschaft immer so ist. Bringt mir nichts zu wissen, dass ich irgendwann „richtige" Beziehungen haben werde. Mir geht es jetzt schlecht. Mir ist es jetzt wichtig. Was interessiert mich da die Zukunft! Natürlich werde ich noch tolle Menschen kennen lernen und

viel erleben. Aber schließt das aus, dass ich jetzt nicht auch schon was Tolles erleben kann?
Ich bin so schlecht gelaunt, traurig, wütend!!!

Montag, den 06. April, später

So, nachdem ich mich jetzt erst mal so richtig ausgeheult habe, kann ich wieder ein Stückchen klarer denken. Ich glaube schon, dass Jonathan mich mag. Und ich weiß mittlerweile, dass ich ihn auch mag. Sonst würde es mir ja wohl kaum so schlecht gehen, oder?
Ich würde jetzt nur so gerne mit ihm reden, aber ich weiß nicht was ich sagen soll?

Montag, den 06. April, 5 Minuten später

Ich habe noch mal so darüber nachgedacht. Kam er nicht gestern auch einfach so zu mir? Er wusste ja anscheinend auch nicht wirklich, was er sagen soll. Und dann hat es sich ja einfach so ergeben. Und immerhin hab ich ja noch einen Vorteil. Wir haben uns immerhin geküsst und so habe ich ja wohl schon das Recht zu erfahren was jetzt eigentlich los ist, oder?

Vielleicht sollte ich jetzt einfach mal diejenige sein, die zu ihm geht? Ich könnte ihn fragen, was das jetzt gestern war und ob er einfach immer die Mädchen küsst mit denen er lernt. Dann könnte er sagen, dass er das eigentlich noch nie gemacht hat und mich küssen. Und alles ist gut.

Montag, den 06. April, 10 Minuten später

Ich bin so ein Hornochse. Ich bin so genervt von Jonathan, von mir, von der ganzen Situation. Nina hatte mir geraten nicht den 1. nächsten Schritt zu machen. Derselben Meinung waren auch Marie und Lilly. Aber ich kann nicht einfach nur rumsitzen und abwarten. Vielleicht passiert dann nie was und ich müsste mich mein ganzes Leben fragen, was passiert wäre, wenn ich es gewagt hätte zu fragen. Und wenn nicht heute etwas passiert, dann passiert es nie wieder. Denn immerhin ist morgen wieder Schule, wieder Alltag und dann wird sich nie mehr was ändern. Und meine Gedanken und Bemühungen waren dann eh umsonst. Also eigentlich hab ich ja nichts mehr zu verlieren. Jawohl!
Ich hatte bei ihm angerufen. Aber seine Mutter sagte, er sei nicht da! Vielleicht ist er bei Marc! Ach so ja, die wollten noch in die Stadt. Dann kann ich das auch machen!

Dienstag, den 07. April, morgens

Ich bin dämlich wie eine Kuh. Ich dachte mir, ich könnte ja auch so ganz cool und locker CDs kaufen gehen. Ist schließlich ein freies Land! Ich kann tun und machen was ich will. Vorausgesetzt meine Mutter ist einverstanden. Was sie zugegebener Maßen zu anfang nicht war. Ich musste sie also erst Mal überreden, dass ich noch außer Haus darf, um zu shoppen. Dann meinte sie, ob ich überhaupt Geld hätte, um „shoppen" zu gehen. Wieso können Mütter eigentlich englische Worte nicht korrekt aussprechen? Das hört sich immer an als würde sie sich die Zunge verknoten.
Egal. Darüber konnte ich mir nicht auch noch Gedanken machen. Muss auch schneller schreiben, sie schreit unten schon, ich soll zum Frühstück runterkommen. Scheiß aufs Frühstück. Mein Leben ist ruiniert.

Nachdem ich einen kleinen Mutter-Tochter Kampf ausgestanden habe, durfte ich gnädiger Weise noch eine Stunde in die Stadt laufen. Ich also auf zum shoppen. Sobald ich die Erlaubnis hatte noch weg gehen zu dürfen, wurde mir schlechter und ich nervöser und da wünschte ich mir wirklich, meine Mutter hätte es mir nicht erlaubt noch weg zu dürfen. Dann hätte ich wenigstens einen Menschen, auf den ich die Schuld schieben könnte und auf den ich berechtigt sauer sein dürfte. So bin ich es nur selbst!
Was hab ich mir nur gedacht?

Denn als ich in den CD-Laden gelaufen bin war mir so schlecht, dass ich fast auf die Türschwelle gekotzt hätte. Und ich hab ihn auch sofort gesehen. Er stand grad bei den Neuerscheinungen. Er hat mich auch sofort gesehen. Ich stand einfach nur da und hab hingestarrt und mir blieb nebenbei bemerkt das Herz stehen. Ich starrte ihn nur an. Auf einmal stand Marc neben ihm und klopfte ihm auf die Schulter. Jonathan drehte sich kurz zu ihm um, schaute auf die CD die Marc ihm zeigte und ließ sich von Marc dann noch weitere Sachen zeigen, die noch im Regal vor ihnen stand. Und was macht der Idiot? Schaut noch ein paar Mal kurz dämlich und widmet sich sonst wieder seinen CDs und seinem bescheuerten Kumpel. Scheiß Jungs!

In mir stiegen die Tränen hoch und ich drehte mich wieder um und stürzte aus der Tür hinaus. Wieso ist er so? Wie kann man nur so sein? Wieso hat er nichts getan? Ist nicht rübergekommen und nichts? Wieso küsst er mich und spricht dann kein Wort mehr mit mir? Ich habe ihn ja gar nicht küssen wollen. Bei mir war alles genauso in Ordnung wie es war. Er ist doch schuld! Wieso ist das jetzt alles so scheiße und warum geht's mir so schlecht? Kein Mensch sagt einem, dass sich mit einem Kuss so viel verändert. Danach ist überhaupt nicht alles herrlich! Es ist schrecklich!
Aber jetzt weiß ich auch, wieso jede schnulzige Serie oder

romantischer Film oder ein bekannter Roman mit einem Kuss endet. Weil kein Mensch sehen will, wie es ist, wenn es darüber hinausgeht. Wenn der nächste Tag kommt und alles auf einmal anders ist. Kein Wunder. So was Ätzendes würde sich ja niemand anschauen oder lesen. Hat man ja schon im realen Leben. Aber es hätte doch schon einen kleinen Hinweis darauf geben können, dass es schrecklich wird...

So bin ich verkrampft heulend durch die Stadt nach Hause gelaufen. Man kann noch viel mehr heulen, wenn man gar nicht heulen will. Ist wie in der Schule. Wenn man versucht nicht zu lachen, weil's dem Lehrer wahrscheinlich nicht so gefällt wenn man lacht, dann muss man noch mehr lachen. Nur ist das hier nicht so lustig. Im Gegenteil.
Ich war so deprimiert, dass ich in meiner Straße stand, unser Haus sah und keine Lust empfand nach Hause zu gehen.
So bin ich daran vorbei gelaufen. Nachdem ich fast nach Hause gerannt war, bin ich jetzt ganz langsam quer durchs ganze Viertel gelaufen. Den Kopf frei kriegen. Denn jetzt war mir nicht mehr schlecht, sondern ich hatte Kopfweh.

Vermutlich zu spät bin ich nach Hause gekommen. Aber meine Mutter hat nichts gesagt sondern mich nur ganz lieb angeschaut aber nichts gesagt, aber ich glaube sie weiß Bescheid.
Sie sagte nur, ich solle in mein Zimmer gehen. Sie bringt mir gleich was zu essen hoch.
Damit war ich einverstanden. Genau das was ich brauche. Ich liebe ihre Brotschnittchen, die schon mundgerecht geschnitten, unterschiedlich belegt und immer ganz süß mit Mayonnaise und Gemüse verziert sind.
Langsam stapfte ich die Treppen zu meinem Zimmer hoch.
Als ich meine Zimmertür öffnete dachte ich erst, ich hätte vorhin meinen Radio angelassen, denn ich hörte Stimmen. Doch dann öffnete ich die Tür ganz und da saßen sie, auf meinem Bett, meine Mädels und schauten mich lieb und ver-

ständnisvoll an. „Du bist weinend an meiner Mutter vorbeigelaufen - in der Stadt!", sagte Marie. Meine Güte, was hab ich für tolle Freundinnen."

Sie wollten natürlich alles wissen und ich erzählte ihnen jede Kleinigkeit. Und je mehr ich ihnen erzählte, umso weniger war ich traurig, sondern umso wütender wurde ich. Was fällt dem Eierkopf eigentlich ein?
„Er ist so ein Arsch!", brachte Nina die Sache auf den Punkt.
„Dem sollte man die Eier lang ziehen!", meinte Marie schroff.
Ich war höchst erstaunt. Wir sahen sie mit großen Augen an. Von Marie hätte ich so was nicht erwartet.
„Da musst du nichts ziehen, der hat definitiv noch keine, so wie der sich verhält!", sagte ich mit einem hinterlistigen Grinsen.
Die Mädels sahen mich an.
„Du machst das schon!", sagte Marie auffordernd und ernst.

„Ich versteh einfach nicht, wie er so eklig, dann nett, dann wieder eklig und dann wieder nett sein kann?!". Und die Diskussion half mir. Denn je öfter wir die ganze Situation durchkauten, umso mehr verstand ich, dass er einfach ein kleines dummes Bübchen ist, der noch lange nicht bereit ist, mit Mädels umzugehen.
Und siehe da, ich bin zwar leicht wütend, verwirrt und traurig eingeschlafen, aber ich habe letztendlich gut geschlafen und als ich vorhin aufgewacht bin, fragte ich mich nur, was ich heute anziehe. Denn schließlich muss ich gut aussehen, denn ich werde es auf gar keinen Fall zulassen, dass er in auch nur irgendeiner Form hinbekommt, dass es mir schlecht geht!

Muss jetzt frühstücken, meine Mutter kriegt sonst unten in der Küche gleich nen hysterischen Anfall vom Schreien, ich bin nämlich schon viel zu spät...

Dienstag, 7. April, abends

Jonathan ist immer noch ein Arsch. Er nervt so! Aber ich bin cooler als er. Ich kam heute Morgen eigentlich relativ gut gelaunt in die Schule. Jonathan saß schon an unserem Tisch und hat mich nur dämlich wie ein Ochse angestarrt. Ich bin zügig zu meinem Platz gelaufen, hab Jonathan angeschaut, die Augenbrauen hochgezogen und etwas arrogant „Guten Morgen", gesagt. Dann hab ich mich neben ihn hingepflanzt, meinen Rucksack aufgemacht, meine Sachen angefangen rauszuholen und wollte Nina gerade fragen, ob sie die Mathehausaufgaben von mir abschreiben will. Da fing Jonathan an rum zu stottern: „Du, Nati, ich wollte.. Ich meine... Also irgendwie ist es grad scheiße wegen... Ich weiß nicht... Du weißt schon...". Meine Güte! Ist der jetzt vollkommen verblödet?

„Du, Jonathan, anscheinend schein' ich dich so aus dem Konzept zu bringen, dass du nicht einmal mehr einen geraden Satz heraus bringst. Also spar dir die Mühe und uns beiden die Peinlichkeit und halt einfach deine Klappe. Soweit ich weiß oder am eigenen Leib gestern mal wieder erfahren habe, hast du mir sowieso nichts zu sagen. Also lass es gleich ganz bleiben!".

Jonathan sah mich erschüttert an. War mir egal. Ich bin so sauer auf diesen Scheiß-Kerl. Raubt mir meine Kussunschuld und statt Friede-Freude-Eierkuchen versaut er mir mein hoffnungsvolles Liebesleben.

„Nina", schrie ich daraufhin durch die Klasse.

Nina sprang auf, stand wie ein Soldat stramm und schrie knapp zurück: „Ja!".

Ich musste lachen. Nina war anscheinend zu allen Taten bereit. Mit solchen Freundinnen kann dir eigentlich gar nichts mehr passieren!

Ich grinste sie an und hielt ihr mein Matheheft hin. Sie strahlte übers ganze Gesicht und lief sofort zu mir um es sich zu holen.

Dann kam Schulz und die 1.Stunde begann. Und Jonathan hat kein einziges Wort gesagt. Nicht mal zu Marc.
In der Pause bin ich mit den Mädels rausgelaufen auf den Hof. Nebenbei bemerkt, es ist April, aber es ist immer noch saukalt. Wieso müssen wir denn nur immer draußen dumm rumstehen? Das können wir genauso gut drinnen. Egal.
So sind wir also rausgelaufen. Wir hängen uns immer ineinander ein und laufen dann als Viererkette durch den Schulhof. Was sehr gut ist, dann friert man nicht so. Egal.

Nina regte sich erst Mal über Schulz und seine neuen Rechenwege auf.
„Kapiert ja kein Mensch, was der schon wieder haben will. Wieso muss ich das lernen? Ich will kein Mathematiker werden!".
„Was willst du denn dann werden?", fragte ich sie.
Nina zog mich etwas näher an sich heran.
„Kummerkastentante!", grinste sie mich an.
Ich grinste gespielt zurück.
„Ich glaube nicht, dass du damit Erfolg haben wirst. Da verdient man nicht viel, arbeitet lang und man hat es nur mit Gestörten zu tun!".
„So wie mit dir?", erwiderte sie.
„Nein, denn ich bin nicht gestört."
„Jonathan ist es!", fügte ich lachend hinzu.
Nina lachte: „Gut, dann verdiene ich eben an dem mein Geld. Weil er niemals darüber hinweg kommen wird, dass er es sich mit dir versaut hat und damit sein erbärmliches Liebesleben sein restliches Leben nachhaltig negativ begleiten wird!".
Ich schaute Nina mit großen Augen an.
„Ich glaube eigentlich, du wärst doch ganz gut in diesem Job!".
Nina strahlte. Ich glaube nun tatsächlich, dass sie Psychologin werden will. Ihre Mutter tickt ja auch nicht ganz richtig, da ist es quasi in die Wiege gelegt. Da braucht sie nun tatsächlich kein Mathe.

Jonathan hat jedenfalls den ganzen Tag dann kein Wort mehr rausgekriegt. Und als die Schule aus war, war ich irgendwie traurig. Ich glaube, er ist es nämlich auch, traurig meine ich. Ich hab dann nur kurz gegessen, meine Hausaufgaben gemacht und Fernsehen geschaut. Aber so ein ruhiger Tag muss auch mal sein, ich hab durchaus genug Aufregung in meinem Leben gehabt, in der letzten Zeit.

Mittwoch, der 8. April

Heute begann der Tag eigentlich ziemlich so wie gestern. Ich kam zur Klasse rein, Lilly und Marie standen schon draußen und wir sind gemeinsam reingelaufen. Jonathan saß schon wieder da. Seit wann geht der so früh zu Hause los?
Interessiert mich eigentlich nicht.
Ich bin an ihm vorbei gegangen und hab nichts gesagt. Zu ihm muss ich wohl nichts mehr sagen.
Er hat auch nur dumm auf sein Matheheft geguckt und rumgerechnet. Dabei hab ich rübergeschielt und gesehen, dass er alle Aufgaben schon gelöst hat. Er hat nur so getan, als würde er was machen müssen. Süß - das ist jetzt ironisch gemeint.
Jedenfalls hielt ich es nicht für nötig, mit ihm zu sprechen - Stefanie derweil schon.
Plötzlich baute sie sich vor unserem Tisch auf. Was macht die in meinem Revier? Jonathan ist zwar scheiße, aber deshalb heißt das noch lange nicht, dass sie nun hier freien Zutritt hat!
„Du, Jonathan, hast du Mathe gemacht?", fragte sie ihn dermaßen dämlich, dass ich mich glatt für meine weibliche Gattung schämen könnte.
„Ja!", sagte Jonathan nur kurz ohne sie richtig anzusehen.
Ein kleines Grinsen konnte ich mir nicht verkneifen. Ganz so scheiße ist er auch nicht.
„Kann ich abschreiben? Bitte?!", fragte sie heuchlerisch.

Was will sie denn auf einmal? Ich runzelte die Stirn und sah sie an. Sie grinste mich nur hinterlistig an.
Alles klar. Sie weiß es. Das sehe ich an ihrem Blick. Sie weiß es! Sie weiß vom Kuss, sie weiß dass wir uns gestritten haben und sie weiß, dass ich ihn mag. Denn sonst würde sie nicht so die Krallen ausfahren.
Jonathan schaltete irgendwie dummerweise auch einen Hebel um: Den zur vollkommenen Dummheit!
Er schaute sie doch auf einmal tatsächlich total nett an, grinste frech und hielt ihr sein Heft hin.
„Aber natürlich!", schleimte er.
Ich dachte, ich traue meinen Augen und Ohren nicht. Hat der jetzt jeglichen Verstand verloren?
Stefanie bedankte sich, warf mir noch mal einen siegesgewissen Blick zu und stolzierte auf ihren Platz.
Jonathan grinste nur dämlich und holte sein Mathebuch raus.
„Aber natürlich!", äffte ich ihn nach und schlug mein Matheheft auf.
„Du bist doch nicht etwa eifersüchtig?!", fragte er mit einem fiesen Unterton und schaute mich herausfordernd an.
„Ich?", fragte ich ein wenig zu hoch. „Aber natürlich nicht. Ich steh nicht so auf Steffi. Und was dich betrifft: Darauf kann ich verzichten!".
Jonathan schaute mich immer noch herausfordernd grinsend an. Er glaubte mir wohl kein Wort.
„Jonathan, selbst wenn es so wäre, es interessiert mich nicht. Denn ich will dich nicht. Nimm dir, was du willst - ihr passt zusammen! Ihr verdient euch!".
Das saß. Denn eigentlich weiß ich, dass Jonathan Stefanie selbst nicht mag. Denn er ist viel zu schlau, als das er diese dämliche Gans nicht durchschauen würde.
Er schaute mich an und war - glaub ich - wirklich geschockt. Kann ich auch nicht ändern. Das hat er verdient.

Als Schulz reinkam stolzierte Stefanie wieder siegessicher

zurück zu unserem Tisch und versuchte verführerisch zu lächeln.

„Bitte, dein Heft. Dankeschön", hauchte sie.

Jonathan nahm das Heft wortlos und ohne sie anzuschauen zurück. Stefanie war sichtlich verwirrt. Und ich auch.

Irgendwie ist mir das alles zuviel.

Und als ob das nicht schon reichen würde, hat Schulz uns schon wieder neue Aufgaben mit neuen Rechenwegen aufgegeben. Ja sag mal, wie viele verschiedene Matherechenwege gibt es eigentlich? Mir würde ein einziger reichen!

So saß ich leicht verzweifelt vor meinem Heft. Ich drehte mich um. Nina, Lilly und Marie tüftelten eine Reihe hinter mir gemeinsam an den Aufgaben. Sah so aus, als würden sie die Kurve kriegen.

Ich war total frustriert. Liebesleben und Kariere: Alles versaut!

Ich hätte grad heulen können. Aber diese Genugtuung wollte ich weder Jonathan noch Stefanie gönnen.

Also probierte ich weiter zu rechnen.

Hm, die Lösung war definitiv falsch.

„Du musst teilen, nicht Mal rechnen.", sagte Jonathan auf einmal.

Woher weiß er, dass ich so gerechnet habe? Hatte der etwa rübergeschielt?

„Dankeschön!", sagte ich schnippisch.

„Ich mein ja nur!", sagte er und starrte immer noch auf sein Heft.

„Ja, und ich sag ja nur danke!", das klang zwar nicht freundlich, aber ich habe mich bedankt. Mehr kann er wohl nicht erwarten.

Also versuchte ich weiter zu rechnen. Jetzt ging die Gleichung aber nicht auf.

„Du musst das b auf die andere Seite holen!", sagte er.

Was will der denn die ganze Zeit? Kann der seine Aufgaben

nicht selbst machen???
Ich holte tief Luft, schaute ihn an, grinste künstlich und sagte nur: „Danke!", was dieses Mal nicht ehrlich gemeint war.

„Ich wollte nur helfen!", sagte er überheblich.
Der machte sich lustig über mich! Der hatte sie ja wohl nicht alle!
„Wie immer!", sagte ich.
„Was soll das heißen?".
„Das was ich gesagt habe!", antwortete ich.
„Ja, und was heißt das?", fragte er noch mal.
„Jonathan, wie du gerade selbst festgestellt hast, muss ich hier üben, sonst check ich das in diesem Leben nicht mehr, also lass es einfach bleiben.", antwortete ich.
Dann schaute ich ihn an und fügte hinzu: „Lass es bleiben - alles!".
Er schaute mich an und ich sah ihm fest in die Augen. Ist schon ne Weile her, dass wir uns beide gleichzeitig angesehen hatten. Wahrscheinlich wurde mir auch deshalb schlecht. Aber ich war so wütend. Währenddessen sah er so aus, als wäre er schockiert, denn er schaute mich ungläubig an.
So einem Blick, den ich nicht verstehen kann, dem halte ich nicht lange stand. Also schaute ich auf den Boden und drehte mich dann wieder meinem Heft zu.
Jetzt war mir richtig schlecht.
Ich hab dann einfach weitergerechnet und es ging sogar.

Plötzlich stand Schulz hinter uns, schaute auf unsere Hefte und meinte: „Sehr schön ihr beiden! Ihr seid ein gutes Paar!".
Mir blieb die Luft im Hals stecken und ich starrte auf mein Heft.
Dann hab ich nicht einmal mehr hochgeschaut und fünf Minuten später war dann endlich der Rechenspuk vorbei. Ich bin sofort aufgesprungen, hab meine Mädels am Arm mit vor die Klasse gerissen.

Fünf Minuten Pause - die musste ich unbedingt zum Luft holen nutzen.

Danach haben Jonathan und ich wieder kein Wort gesprochen. Wir haben später einen Vokabeltest bei der Schmalzmahlzahn geschrieben. Ich hab gemerkt, dass Jonathan die Vokabeln nicht kann. Ich war ziemlich schnell fertig.
Dann hab ich so getan als würde ich noch schreiben und mein Aufgabenblatt so gedreht, dass er abschreiben konnte, was er dann auch tat.

Als die Tests eingesammelt wurden, sagte er danke.
„Spar dir das!", sagte ich sofort um jegliche Annäherungsversuche gleich im Keim zu ersticken und starrte vor an die Tafel. Er hatte mir schließlich auch geholfen. Und um mehr ging es wohl ja nicht.

Als ich daheim war, gegessen habe und Hausaufgaben gemacht habe, musste ich plötzlich weinen. Wieso war das denn jetzt alles nur so gekommen? Das ist doch Scheiße so!

Donnerstag, der 10. April

Nina hat mich heute geschockt. Sie sagte: „Ich glaube, er mag dich!".
Das hat sie einfach mal so in den Raum, oder besser auf den großen Pausenhof geschmissen.
„Das glaub ich zwar nicht, aber es interessiert mich nicht und ich will es auch gar nicht wissen und schon gar nicht will ich im Moment davon reden!", wehrte ich ab.
„Ich glaub dir kein Wort!", sagte Nina.
„Aber ich, akzeptiere es!", und damit schaute sie mich ernst an.
Mir stiegen die Tränen in die Augen.

Und Nina tat das, worum ich sie indirekt gebeten hatte. Sie ignorierte meine feuchten Augen indem sie in den Pausenhof an mir vorbei schaute, so, als ob sie jemanden suchen würde.
Marie tat es ihr nach, schaute dabei aber auf den Boden und Lilly kaute ihr Brot und starrte ebenfalls in den Schulhof.
Ich stand mit dem Rücken zur Meute und starrte auf das Wohnhaus unserer Schule gegenüber - und beruhigte mich wieder.

Den restlichen Schultag verbrachten Jonathan und ich dann wieder schweigend.
Und zu Hause musste ich wieder heulen. Warum kann man denn nicht die Zeit zurück drehen? Dann würde ich den Kuss rückgängig machen.
Ich will jemanden küssen, den ich mag. Küssen ist eh eklig eigentlich. Viel Sabber und Zunge. Aber es geht eigentlich auch nicht um den Kuss selbst, sondern um den Jungen.
Aber der sollte es auch wert sein.
Das dämlich daran ist nur, dass ich selbst jetzt noch das Gefühl habe, dass Jonathan es wert ist, wobei ich nach wie vor das Gefühl habe, dass er mir das Herz brechen wird, noch mehr als jetzt schon.

Also, was kann ich tun?

Freitag, der 11. April

Nina hat einen Vollknall! Wir haben freitags in den letzten beiden Stunden immer Sport. Ist an sich selbst schon eine dämliche Sache. Wenn ich Sport machen will, dann gehe ich ins Fitnessstudio, was ich nebenbei bemerkt nicht tue, aber die zwei Stunden in der Schule bringen es auch nicht. Zumal wir Mädels beim Umziehen immer so lange trödeln, dass

schon der erste Teil der ersten Stunde schon vorbei ist.
Dann mussten wir heute Badminton spielen. Das macht mir eigentlich Spaß und ich bin auch gar nicht so schlecht. Jedenfalls wurden dann die 2er Gruppen eingeteilt. Nina wollte unbedingt mit mir spielen. Mir war's recht. Mit ihr ist es immer lustig. Sie schlägt nämlich immer vorbei.
Marc hatte sich mit Jonathan zusammen getan.
Nina steuerte zielsicher direkt auf das Feld neben den beiden.

„Nina!" zischte ich sie an.

Sie sagte nichts, sondern zog mich widerwillig weiter.
Sie stellte mich in meinem Feld ab und lief weiter und baute sich auf einmal vor Marc auf.

„Hey Du!", sagte sie zu einem recht erstaunten Marc.
„Du spielst mit mir!", sagte sie herrisch.
„Bist du bescheuert?!", antwortete Marc.
Das konnte ja lustig werden.

Nina kam bis auf eine Nasenspitze an Marc heran.
„Wenn du dieses Leben leben willst und nach der Schule nicht ohne Eier nach Hause gehen willst, dann wirst du genau das tun!".
Sie sah wirklich furchteinflößend aus.

Dann aber lächelte sie kurz.
„Vertrau mir!", flüsterte sie ihm zu und zeigte mit einer kurzen Kopfbewegung und großen Augen kurz auf mich und Jonathan.

Marc atmete tief durch, schüttelte die Schultern und meinte: „Wenn du aber heulst, spiel ich wieder mit Jonathan!".
„Du kannst dann wieder spielen mit wem du willst, mein kleines Bübchen!", meinte Nina lächerlich kopfschüttelnd

und lief auf Jonathan zu.

Von weitem rief sie ihm zu: „Mach dich vom Acker Bursche, das ist mein Revier! Such dir dein eigenes und steh deinen Mann!".
Jonathan sah sie genervt an.
Gott, mir war ganz schlecht. Sie will doch nicht etwa, dass ich mit diesem Dödel spiele? Ich dachte, sie ist meine Freundin!
„Nina, hör mal..", begann ich einzuwenden.

Da platzte ihr der Kragen.
„Ruhe jetzt!", schrie sie.
„Nati, du wirst mit Jonathan spielen und dich nicht aufführen wie ein Kind. Und du, der du noch ein Kind bist, wirst erwachsen und stellst dich der Scheiße, die du baust," meinte sie zu Jonathan gewandt.
„Und du", sagte sie in Richtung Marc. „... machst jetzt endlich den Aufschlag!".

Damit überließ Jonathan Nina das Feld und trabte widerwillig zu mir rüber.

„Das war nicht meine Idee", fauchte ich ihn an.
„Das hab ich auch nicht erwartet!", sagte er und sah mich an.

Damit nahm er mir die Luft aus den Segeln und ich stellte mich zum Spiel bereit.
Na gut, dann soll er mal loslegen.

„Du hast den Ball!", rief er übers Netz.
Oh, stimmt. Gut, dann eröffne ich eben dieses Match.

Ich haute drauf und los ging's. Jonathan spielte gut, aber ich auch. Wir haben ziemlich drauf gehauen, aber auch ziemlich viele Bälle bekommen. Hat richtig Spaß gemacht.

Nachdem ich ihm den Ball zwei Mal hintereinander so doll übers Netz gehauen habe, dass er ihn ins Aus geschlagen hatte, ballte ich eine Siegesfaust und lachte fröhlich: „Yeah, Frauenpower!".
Jonathan lachte.
„Tss, Anfängerglück!".
Ich schaute ihn herausfordernd an: „Beweis es!".
„Nichts lieber als das!", sagte er und holte zum nächsten Aufschlag aus.
Wir haben uns weiter die Federbälle um die Ohren gehauen.

Allerdings war ich auch schnell aus der Puste.
„Na, schon fertig?!", fragte er siegesgewiss.
„Ach was", erwiderte ich.
„Herz-Rhythmus-Störungen!".
„Ehrlich?", fragte Jonathan bestürzt.
„Quatsch", lachte ich.
„Haha", meinte er beleidigt.
„Was denn? Hättest du dir etwas Sorgen gemacht?", fragte ich ihn freudestrahlend. Triumphzug!
„Nein", versuchte er gleich abzuwerten.
Und schelmisch fügte er hinzu: „Dann hätte ich dich nur nicht so hart rangenommen!", grinste er.
„Bestimmt", lachte ich ihn aus und setzte zum nächsten Aufschlag an.

Wir haben dann noch Rückhand und Vorhand üben müssen und Jonathan war eigentlich ganz nett.
Als die Sportstunde um war, haben wir uns die Hand gegeben, so wie man das eben macht, nachdem man miteinander gespielt hat und er hielt sie meiner Meinung nach eine Sekunde zu lang. Aber eigentlich interessiert es mich nicht.
Denn auf gar keinen Fall bestätige ich Nina, dass es eine fabelhafte Idee war, Jonathan und mich in eine Extrem-Situation zu bringen, um unsere Differenzen zu lösen - auch, wenn sie damit Recht hatte...

Samstag, der 12. April

Nach der Schule gestern bin ich mit den Mädels heimgelaufen, dann trennten sich wie gewöhnlich unsere Wege und ich lief alleine heim.
Ich war eigentlich ganz gut gelaunt, denn Sport war super und abends wollten wir Mädels was trinken gehen. Lilly sagte, es gäbe ein Café, in das alle aus der Schule hingingen und Nina meinte sofort, dass wir das auch machen sollten.
Ich war dabei.
Jedenfalls lief ich so nichts ahnend die Straße lang als mir auf einmal jemand von hinten auf den Kopf schlug.
Jonathan!
„He Sportskanone!", sagte er lachend.
Er fuhr auf seinem Fahrrad langsam neben mir her.
„He Looser!", sagte ich grinsend.
„Das hab ich überhört", antwortete Jonathan hochnäsig.
„Denn eigentlich wollte ich dich nur fragen, ob du es alleine nach Hause schaffst, nach dieser sportlichen Herausforderung, denn du musst ja ziemlich fertig sein!".
Dabei grinste er mich total lieb an.
„Also ehrlich gesagt, ich bin total fit. Aber ich frage mich schon, wie du das so aushältst, immerhin wissen wir alle, dass du nun wirklich nicht die optimale Kondition hast. Oder eher im Gegenteil.."
„Also geht's dir gut wie ich sehe", unterbrach er mich.
„Prima, dann sehen wir uns mit den üblichen Verdächtigen morgen Abend im Juze! Bis dann", damit schaute er mich noch mal kurz an und fuhr davon.

Ich weiß nicht, vielleicht liegt es daran, dass ich noch sehr jung bin, aber Jungs verwirren mich.

Abends waren wir ja dann im Café und ich hab natürlich irgendwann den Mädels von Jonathans dämlicher Anmache auf dem Heimweg erzählt, weil das Gespräch eh auf ihn kam,

wegen Badminton und so.
„Also mir kannst du erzählen, was du willst. Der Junge ist dämlich wie ein Schuh, denn er checkt überhaupt nicht wie er damit umgehen soll!", sagte Lilly.
„Mit was umgehen?", fragte ich sie.
„Damit dass er dich mag!", antwortete plötzlich Marie.
„Das meint ihr doch nicht ernst?", fragte ich ungläubig in die Runde.
Betroffenes Schweigen sagt manchmal mehr als tausend Worte.

Also wenn er mich jetzt doch mag, dann mag ich ihn vielleicht auch wieder. Obwohl er es eigentlich nicht verdient hat. Aber wenn die Mädels nun meinen, dass er mich mag, dann sollte ich ihn vielleicht auch mögen, oder? Ich bin tatsächlich verwirrt.

Und heute Abend sehe ich ihn also im Juze!
Mir wird schon schlecht, wenn ich nur dran denke. Ich glaube ich bin nervös...

Samstag, der 12. April, bissel später

Ist jetzt vielleicht ein bisschen übertrieben, aber was mache ich, wenn er mich wieder küssen will?
Soll ich dann einfach so tun, als wenn nichts passiert wäre?
Hat er das verdient? Und was, wenn es danach wieder so dämlich läuft?
Vielleicht will er einfach auch nur befreundet sein? Vielleicht will er einfach nur wieder lernen?
Ich weiß nicht, was will er? Will er überhaupt was? Denkt er überhaupt so weit? Können Jungs überhaupt denken???

Samstag, der 12. April, noch bisschen später

Ich hab's meiner Mutter ja lange nicht erzählt, dass mit mir und Jonathan. Obwohl sie immer nachgefragt hat, aber ich hatte einfach keine Lust darüber zu sprechen. Jetzt hab ich ihr alles haarklein erzählt. Und sie meint, ich solle jetzt einfach ins Juze gehen und die Antworten auf meine Fragen dort finden, denn zu Hause wären sie sicher nicht.
Fand ich cool von ihr, dass sie so relaxt auf die ganze Sache reagiert hat.
„Aber küss ihn nicht einfach, wenn du dir nicht sicher bist. Und droh im Schläge an, wenn er es noch mal versucht und du nicht willst - auch meine Schläge!".
Mann, kann die Frau aggressiv werden.
Ich lachte und nickte verständnisvoll: „Ich werde es ihm ausrichten!".

Sonntag, der 13. April

Ich glaube die 13 ist eine Glückszahl. Nicht nur wegen gestern. Sondern weil ich die 13 sowieso mag. Besonders seit gestern, beziehungsweise heute!
Von vorne:
Nina, Lilly und Marie kamen, um mich fürs Juze abzuholen. So sind wir also da hingetigert und wir waren richtig gut drauf. Auch ich. Ich war total fröhlich und wir haben die ganze Zeit auf dem Weg dorthin nur Quatsch geredet.
Dann sind wir dort angekommen und haben gleich in der Tür Jonathan getroffen.
Er tat gespielt entsetzt und brüllte in den Raum rein: „Die Yetis kommen!".
Dann grinste er mich an. Ich grinste zurück.
„Dann pass bloß auf, du weißt nicht, wozu Yetis fähig sind...!!!", sagte ich lachend und hochnäsig und bin an ihm

vorbei ins Juze reinstolziert.
„Uuuuhhh", machte er nur.

Nina, Marie und Lilly kicherten sich halb kaputt. Dann bekam Nina auf einmal kugelrunde Kulleraugen.
„Wo kommen denn all die Jungs her?", fragte sie entsetzt.
Während man nämlich sonst den ganzen Raum durchschauen kann, war es heute richtig voll.
Überall standen Leute rum. Und wirklich viele Jungs!!!

„Juhu!", stieß Nina aus.
„Frischfleisch!", sagte Lilly begeistert.
Ich war entsetzt. Das männermordende Monster war doch sonst nur Nina! Anscheinend ist das aber ansteckend.
Marie hängte sich bei Lilly ein und versteckte sich leicht hinter Lilly.

„Wo kommen die alle her?", hauchte sie fragend.
„Vom Himmel!", stöhnte Nina glückselig.
„Aber die sehen so alt aus!", sagte Marie skeptisch.
„Was machen die hier?", und weiter sagte sie: „Die haben bestimmt schon alle Haare auf der Brust!".
„Iiiihh", schrien Lilly und ich gleichzeitig.
Nina verzog bei dem Gedanken daran nur das Gesicht.

Wir haben uns dann durch das Getümmel zur Bar gewühlt um uns ne Cola zu holen.
Auf einmal stand so ein Typ vor mir. Eigentlich sah er nett aus, gutaussehend.

„Wo kommscht'n du her?", fragte er in einem ganz komischen Dialekt.
Ich schaute ihn skeptisch an.
„Die Frage ist doch eher, wo du herkommst, denn ich wohne hier!".
„Achso!", sagte er.

„Ich bin der Tom. Wir sind hier in ner Jugendherberge auf Abschlussfahrt. Ich gehe dieses Jahr ab.", antwortete er.
„Aha, Realschule!", schloss ich daraus.
„Yep!", sagte er und stieß mit seiner Bierflasche an meine Colaflasche.
„Prost", sagte er.
Ich lächelte etwas gequält. Was wollte der denn von mir? Sich lustig machen? Denn er war offensichtlich schon etwas älter als ich.
Plötzlich stand Nina neben mir.

„Wer ist das?", fragte sie mich und das so laut, dass er es definitiv hören konnte.
„Das ist Tom", sagte ich dann in der entsprechenden Lautstärke zurück.
„Und Tom hat doch bestimmt auch ein paar Freunde hier oder?", fragte sie mich, wobei sie ihn dabei eigentlich fragte, denn sie schaute auch ihn dabei an.
„Tom hat Freunde", antwortete er dann auch gleich und grinste sie an.
„Na, dann werde ich hier wohl nicht mehr gebraucht", sagte ich und drehte mich ab.

Nina unterhielt sich dann noch ein bisschen mit Tom, was mich nicht störte, da ich eh Jonathan suchte. Ich wollte ihm unbedingt mein neues Schimpfwort an den Kopf werfen: Eierloch!

Ich lief dann mit Marie ein paar Mal durch den Raum. Das war so voll diese Woche, dass man sich überall durchquetschen musste.

Das hatte zwar den Vorteil, dass wir Stefanie aus dem Weg gehen konnten, aber leider fanden wir auch Jonathan nicht. Ob er jetzt etwa schon gegangen war?

Oder vielleicht war er irgendwo in einer Ecke und redete mit irgendeinem beknackten Mädchen aus Toms Abschlussklasse. Denn Jungs stehen ja bekanntlicherweise auf ältere und erfahrenere Mädchen.
Da kann ich Unschuldslamm nicht mithalten.

„Ich muss mal auf die Toilette. Kommst du mit?", fragte mich Marie.
Aber ich hatte keine Lust.
Ich sah, wie gerade eine Couch frei wurde.
„Nee, ich setz mich da hin und warte auf dich!".
„Okay!".

Also drängte ich schnell durch die Meute.
Nina und Lilly konnte ich nur von weitem sehen. Sie unterhielten sich beide angeregt mit irgendwelchen Typen, aber keiner davon war Tom. Soweit ich das zumindest erkennen konnte.
Plötzlich setzte sich aber jemand neben mich. Tom!

„Hallo!", sagte er.
„Hi", antwortete ich zurück.
„Schon fertig mit der Unterhaltung?", fragte ich ihn.
„War nicht mehr so interessant als du weg warst!", antwortete er.
Ich sah in ungläubig an.

„Aber du kennst mich doch gar nicht!", meinte ich.
„Aber du bist was Besonderes, das sieht man doch auf den ersten Blick.".
Und dabei beugte er sich auf einmal ganz nah zu mir, legte den Arm um meine Schultern und sein Mund kam immer weiter zu meinem.
Er berührte mit seinen Lippen meine und in dem Moment wurde mir klar, dass ich das eigentlich gar nicht wollte. Ich runzelte die Stirn, öffnete meinen Mund nicht und stieß ihn

leicht von mir weg.

„Was ist?", fragte er.
„Ich glaube nicht, dass ich das will!", sagte ich.
„Solange du es nur glaubst", meinte er und beugte sich schon wieder zu mir rüber.
Ich war so geschockt, dass ich irgendwie gar nichts gemacht habe.
Ich hab nur die das Gesicht verzogen und ihn wieder von mir weggestoßen.
„Hör mal, ich mag nicht!", sagte ich.
„Das fühlt sich aber nicht so an.", erwiderte er.
„Sonst wärst du doch schon längst gegangen!", meinte er auf einmal ziemlich bestimmt und zog mich ganz fest an sich und küsste mich wieder.

Ich weiß auch nicht, wieso ich ihn nicht einfach fest weggestoßen habe und ihm eins runter gehauen habe. Aber ich war wie erstarrt.

Ich hab nur meine Hände gegen seine Schultern gedrückt und ihn versucht wegzudrücken. Was ehrlich gesagt nicht so perfekt geklappt hat.
Auf einmal hörte ich nur jemanden „Arschloch!" rufen und wie Tom weggerissen wurde und ich auch.

Jonathan stürzte sich wie besessen auf Tom und Marc riss mich von der Couch weg, schüttelte mich und fragte: „Ist alles okay? Nati, geht's dir gut?".
Aber ich konnte gar nicht antworten.
Ich starrte wie eine Salzsäure auf Jonathan, der sich wutentbrannt auf Tom stürzte.

Nina versuchte auf einmal Jonathan weg zu reißen und Lilly und Marie kamen zu mir gerannt und fragten ob alles okay sei.

Ich stammelte nur „Ja" und sah, wie nun zwei Jugendbetreuer die drei Kampfhähne auseinander rissen.

Jonathan hatte einen knallroten Kopf als er wieder aufstand und riss sich von dem Betreuer los, der ihn von Tom weggezogen hatte.

Jonathan schaute sehr wütend aus und mich wahnsinnig wütend an, drehte sich um und lief weg.

Marc lies mich stehen und lief Jonathan hinterher.
Die Betreuer schmissen die Freunde und Tom raus.

„Wir haben euch gesagt, ihr sollt keinen Ärger machen. Also raus jetzt, sonst rufen wir eure Lehrer an!"
Damit verabschiedeten sich die Jungs.

Lilly verschwand kurz und lief irgend so einem Typen nach.
Ich sank derweil wieder auf die Couch des Geschehens.
Was war da eigentlich grad passiert?

Nina und Marie plapperten wie aufgescheuchte Hühner und erzählten sich gegenseitig, wie sie die Momente vor dem Vorfall gerade verbracht hätten.
Lilly kam glücklich wieder, versuchte aber bedrückt auszusehen.

Nina schaute sie an.
„Und?", fragte Nina Lilly.
Lilly strahlte.
„Du hast es getan?", fragte Nina Lilly begeistert und ließ meine Hand los um Lilly zu umarmen.

Marie grinst und fragte: „Und? Wie war's?".
„Komisch", antwortete Lilly.
„Aber ich glaube sonst ganz gut", meinte sie weiter.

„Du hast gerade geküsst?", fragte ich Lilly.
Lilly schaute bestürzt.
Sie senkte den Blick und meinte schuldbewusst: „Ja, entschuldige!".
„Aber wofür denn?", fragte ich sie entsetzt.
„Na, wegen dem bei dir eben!", meinte sie.
„Ja bist du verrückt?", antwortete ich und schubste sie freundschaftlich.
„Ich bin selbst schuld. Ich hätte mich einfach energischer wehren sollen. Aber ich weiß auch nicht, ich habe mich nicht getraut. Ich war wie erstarrt. Wie eine Salzsäure. Ich hab mich gar nicht richtig zur Wehr gesetzt. Total bescheuert so was!".
„Mach dir nichts draus!", sagte Marie.
„Mir ist das auch schon passiert!", sagte Marie.
Wir schauten sie erstaunt an.

„Letzten Sommer war ich mit meinen Eltern an der Nordsee, und da war so ein Typ, der eigentlich echt nett war. Aber als ich ihn zum Eis essen abholen wollte, meinte er, ich solle noch kurz mit auf sein Zimmer kommen und auf einmal hat er mich geküsst. Also zumindest hat er es probiert. Ich hab mich auch nicht getraut irgendwas zu machen, hab ihn nur leicht weggestoßen und gemeint, dass sei mein 1. Kuss. Da sagt er: Na und, ist doch besser als langweilen oder?".
Nina, Lilly und ich sahen Marie geschockt an.

„Ich hab aber gar nichts gemacht", sagte sie grinsend.
„Meine Zunge lag hinten im Gaumen und ich hab sie nicht bewegt. Ein guter Kuss muss das nicht gewesen sein!", sagte sie lachend.
„Und dann?", fragte ich.
„Nach ein paar Minuten hab ich mich endlich getraut ihn richtig wegzustoßen, hab ihn Arschloch genannt, bin zu meinen Eltern ins Zimmer und direkt heulend in die Arme meiner Mutter gefallen. Und dann ist sie halt nachher mit mir ein Eis essen gegangen.", sagte sie lächelnd.

„Mein erster Kuss mit Harry war so ähnlich. Ich wollte nicht, aber er meinte, sonst wären wir ja nicht zusammen, wenn wir nicht knutschen würden. Später habe ich ihn aber nicht mehr geküsst!", sagte Nina.

Jetzt war ich wirklich geschockt. Sogar Nina!

„Jungs sind doch scheiße!", rief Lilly aufgebracht.
„Du musst dich nicht beschweren", sagte Nina zu Lilly.
„Du hattest doch gerade einen schönen 1. Kuss!", meinte Nina.

Lilly schaute uns an.
„Ja, aber jetzt will ich erst mal gar keinen mehr küssen. Jungs wollen doch nur das eine!", sagte Lilly aufgebracht.
„Das ist nichts neues!", meinte Nina.

Wir schwiegen betroffen. Das Juze war mittlerweile leer. Nur die Betreuer die aufräumten und wir vier, die auf der Couch saßen, waren noch übrig geblieben.

„Wisst ihr was", sagte Marie auf einmal.
„Darauf, dass wir nie wieder was machen, was wir nicht wollen!
Darauf, dass wir Jungs rechtzeitig in die Schranken weisen und darauf, dass wir Jungs finden, die nicht so sind!".
Damit hob sie ihre Colaflasche und wir stießen darauf an.
„Auf uns!", sagte ich.
„Auf uns!", sagten die anderen.

Und damit wurde es irgendwie doch noch ein schöner Abend.

Dann war es schon kurz vor zwölf und um zwölf werden wir immer vor dem Eingang abgeholt. Also sind wir langsam raus gelaufen, war ja eh nichts mehr los.

Als ich rauskam erstarrte ich.
Da stand auf der anderen Seite Jonathan und starrte in den vorbeifließenden Fluss.

„Es gibt auch Jungs, die uns jetzt schon mögen!", hauchte Nina mir zu und stieß mich leicht in Jonathans Richtung.

Zögernd lief ich über die Straße.

„Hey", sagte ich und blieb in sicherer Entfernung stehen.
Nicht, dass Jonathan so einen Hass auf mich schiebt, dass er die Absicht hegt, mich auf einmal in den Fluss zu schmeißen.
Er drehte sich aber nicht mal um. Er sagte gar nichts.

„Ich wollte mich bedanken, für das vorhin. Also, dass du mir geholfen hast, mit.. na ja,.. du weißt schon..".

Pause.
„Du hättest ihn auch selbst geschafft. Wieso hast du dich eigentlich nicht gewehrt?", fragte er und drehte sich um und schaute mich fest an. Mir stiegen die Tränen in die Augen und meine Stimme begann leicht zu zittern.

„Ich weiß auch nicht. Ich war wie erstarrt. Ich hab irgendwie gar nicht richtig begriffen, was da passiert. Und, ich weiß auch nicht... Ich hab mich nicht getraut...", Jonathan schaute jetzt auf den Boden. Er war sichtlich auch erschrocken von der ganzen Geschichte.
„Er war am Anfang so nett", sagte ich weiter.

„Weißt du, am besten du gehst dann einfach wieder zu deinem Freund!", sagte er beleidigt und drehte sich wieder um.

„Aber ich hatte gehofft, das hätte ich gerade getan", sagte ich mittlerweile heulend und mit zittrige Stimme.

Ich stand wie ein nasser Hund im Regen ihm gegenüber und hab also gerade quasi eine Liebeserklärung abgegeben. Aber er vorhin ja fast auch, oder?
Auf jeden Fall hatte ich dieses Mal keine Lust, mit irgendwelchen peinlichen Ausflüchten anzufangen, und stand als einfach nur da.
Jonathan drehte sich um, sah mich heulen und blieb weiter stehen.

Ich sah ihm tief in die Augen, die ich nur leicht im Licht der Straßenlaterne sehen konnte.
Plötzlich lief er auf mich zu, packte mit einer Hand mein Gesicht, mit der anderen umfasste er mich an der Taille und küsste mich. Und ich ihn, weil ich es wirklich wollte!
Dann hat er mich nach Hause gebracht. Er sagte zu Nina, dass sie mit den anderen beiden und ihrer Mutter ruhig fahren könnte. Er würde mich heimbringen.
Dann nahm er meine Hand und lief mit mir zum Auto seiner Mutter. Er öffnete mir die hintere Tür, ich setzte mich rein, begrüßte kurz seine Mutter. Dann hat er sich auf den Beifahrersitz gesetzt und ich kam mir so blöd vor.
Dann aber hat er auf einmal seine Hand an der Tür nach hinten vorbei geschoben und meine Hand genommen.

Also ist der 13. jetzt meine Lieblingszahl. Denn es ist der Tag, an dem Jonathan und ich uns endlich gefunden haben. Der Tag, an dem ich meinen 1. Freund habe.. Juhuuuu...

Mittwoch, der 15. April

Jonathan ist so süß. Wir telefonieren jeden Abend. In der Schule hat er heute sogar Nina und Lilly in Mathe geholfen, als ich Marie grad was erklärt habe. Wir sind ein Spitzendreamteam.

Donnerstag, der 16. April

Es weiß übrigens jeder alles von Samstag. Was aber nicht schlimm ist. Denn auch wenn's mir etwas peinlich ist, die Leute denken alle, ich wollte geküsst werden, um Jonathan eifersüchtig zu machen, was letztendlich ja auch geklappt hat. Und das ist doch gut...

Freitag, der 17. April

Unser erstes gemeinsames Wochenende steht vor der Tür. Jonathan will morgen mit mir ins Juze. Er meinte, er könnte mich abholen. Ich hab gesagt, dass aber auch die Mädels kommen. Da hat er gesagt, dann treffen wir uns lieber auf dem Weg. Vier Frauen wären ihm doch ein bisschen zuviel. Er kommt mit Marc.
Ach er ist soooo süüüß...

Sonntag, der 18. April

Am Freitagabend waren wir im Kino. Ich hab den Film zwar nicht gemocht, aber das ist doch auch egal. Jonathan hat die ganze Zeit meine Hand gehalten. Gestern stand er auf einmal vor meinem Haus und hat gesagt, er hätte den ganzen morgen schon versucht mich anzurufen, aber es wäre ständig besetzt.
Ich hab gesagt, dass meine Mama die ganze Zeit mit meiner Oma telefoniert.

„Was mich zu unserer heutigen Unternehmung bringt", sagte er freudestrahlend.
„Lernen?", fragte ich zögernd.

Das wollten wir nämlich eigentlich machen. Aber erst später.

„Nein", antwortete er.
Ich sah ihn fragend an.

„Wir kaufen dir jetzt ein Handy! Und mir auch!", fügte er hinzu.
Ich sah ihn begeistert, aber ungläubig an. Denn das ist ein ziemlich kostspieliges Geschenk für mal eben so.
„Meine Mutter möchte gern, dass sie mich immer erreichen kann und ich sie anrufen kann, wenn's irgendwo mal ne Schlägerei gibt", sagte er grinsend.
Ich grinste zurück.
„Na ja, und da hab ich ihr eben gesagt, dass Handy sehr teuer sind. Und hier habe ich nun 100 Euro und wir kaufen uns damit nun zwei Handys. Aber nur eins ohne Vertrag. Mit aufladbarer Karte. Ich weiß ja, wie ihr Frauen seid, sonst telefonierst du nur noch die ganze Zeit.", sagte Jonathan frech.
Er sah total glücklich aus. Man sah ihm direkt an, wie stolz er auf seine Frauenkenntnisse war.

„Ja, aber was soll ich denn dann mit meinem Handy machen?", frage ich ihn und trat einen Schritt auf ihn zu.

„Damit, mein Schatz, sollst du für mich erreichbar sein und mir abends ne liebe Gute-Nacht-SMS schicken!". Gott war der süüüüüüßßßßß! What´s app hat der wohl nicht?!
Aber er hatte mich Schatz genannt. Das war zwar mehr ein Scherz, aber egal.
Ich bin sein Schatz!!!!!
Juhuuuuu!

Und so sind wir den ganzen Tag durch die Stadt geshoppt, ich hab ein rosa Handy bekommen, er ein blaues. Wie süüüß!

Abends waren wir dann alle im Juze und er war total lieb und nett, alberte mit Nina, Lilly und Marie rum und hielt die ganze Zeit meine Hand.

Und heute war er bis eben da und wir haben die ganze Zeit Fernsehen geschaut und uns über diverse „Superstars" lustig gemacht.
Mein Leben ist perfekt!!!

Montag, der 19. April

Ich bin heute in Chemie abgefragt worden. Jonathan hat mir alles vorgeflüstert, was nicht so gut funktioniert hat, weil Jungs einfach nicht flüstern können. Jetzt muss er ne Strafarbeit schreiben. Aber ich hab ne drei bekommen. Dafür helfe ich ihm auch bei der Strafarbeit mit der er gleich vorbeikommt. Ich bin eine super Freundin!

Dienstag, der 20. April

Ich bin eine schlechte Freundin! Ich habe ihm nicht geholfen, die Strafarbeit zu schreiben. Wir haben nicht einmal die normalen Hausaufgaben geschafft. Wir haben nämlich den ganzen Mittag nur rumgeknutscht. Herrlich!

Mittwoch, der 21. April

Jonathan kam heute Mittag wieder zu mir. Er kam gleich nach der Schule mit. Wir haben zusammen mit meiner Mutter gegessen, was irgendwie komisch war. Mama und Jonathan haben sich zwar gut verstanden, aber es ist irgendwie komisch, mit einem Freund Mittag zu essen.

Jedenfalls sind wir dann hoch in mein Zimmer. Wir haben erst Hausaufgaben gemacht. Als wir fertig waren, hat Jonathan meine CD-Sammlung unter die Lupe genommen. Was ich nicht so toll fand. Ich hab nämlich keine tollen CDs. Mir ist mein Geld zu schade, um es für bald aus der Mode gekommene Musik auszugeben.
Also hab ich ihn mit Küssen davon abgelenkt.

Ziemlich schnell sind wir wieder auf meinem Bett gelandet und haben rumgeknutscht.

Dann hat er auf einmal angefangen, meine noch nicht mal halbausgereifte Oberweite anzufassen.

Ich war total schockiert, denn ich fasse von Jonathan nur seinen Kopf, Schultern und Hände an. Alles andere geht mir zu weit.

Jonathan hat dann, glaub ich, auch gemerkt, dass mir das zu schnell geht, obwohl er nur über meinem Pulli geblieben ist.

„Ich will noch nicht mehr!", hab ich dann auch zu ihm gesagt.
„Das ist doch kein Problem!", hat er gesagt und mir noch einen Kuss gegeben.
Dann ging die Knutscherei wie gewohnt weiter.

Als er später gegangen ist, sah meine Mutter mich mit hochgezogenen Augenbrauen an.

„Was ist?", fragte ich ein bisschen schnippisch.
„Nichts. Du siehst nur ein bisschen fertig aus", sagte sie.

Und tatsächlich, als ich in den Spiegel geschaut habe, war ich schockiert. Ich sah ja aus wie gerade durch den Staubsauger gezogen. Die Haare waren wild verdreht, mein Gesicht war rot fleckig und meine getönte Tagescreme komplett verschwunden.
So sieht man also aus, wenn man einen Freund hat, mit dem man knutscht! Super!

Am Abend meinte meine Mutter dann auf einmal beim Abendessen mit meinem Papa: „Nati, vielleicht sollten wir mal über Sex reden!".
Mir stockte der Atem und mein Vater verschluckte sich an seinem Wurstbrot.
„Iiiihhh, Mammaaaaaa!", schrie ich entsetzt.
„Na, die Reaktion beruhigt mich!", sagte meine Mutter.
„Dann müssen wir das Thema wohl noch nicht angehen.", sagte sie cool.
Ich war geschockt und mein Vater auch.
Also manchmal hat meine Mutter schon Nerven...

Donnerstag, der 22. April

Jonathan ist so süß. Hat mir gerade ne SMS geschrieben: „Ich warte auf eine Gute-Nacht-SMS. Sonst kann ich nicht schlafen :-) Gute Nacht Engel".

Süüüüüüüßßß!

Freitag, der 23. April

Perfekter Tag, perfektes Leben. Wir haben heute die Matheklausur zurückbekommen, die wir am Dienstag geschrieben haben. Jonathan hat ne eins, ich ne zwei und Lilly, Marie und Nina eine drei. Das haben wir nur Jonathan zu verdanken. Er ist echt toll. Und jetzt haben wir schon wieder Wochenende. Hab ich schon mal gesagt, dass ich mein Leben liebe? Ich tu's! Und Jonathan auch!!

Montag, den 26. April

So, jetzt hab ich endlich mal wieder ein bisschen Zeit zu schreiben. Was heißt Zeit? Zeit ist relativ.
Eigentlich sollte ich, na ja, was heißt sollte ich, eigentlich muss ich ganz dringend Mathe lernen. Mittwoch schreiben wir schon wieder ne Ex und da bin ich absolut und überhaupt noch nicht darauf vorbereitet.

Jonathan wollte mir eigentlich beim Lernen helfen. Ach ja, Jonathan. Mein Freund! Hm, so langsam gewöhn ich mich an den Ausdruck: Mein Freund! Wenn ich jetzt mit jemandem spreche kann ich immer sagen: „Ja, mein Freund sagt auch immer...". Oder wenn ich jemand kennen lerne sage ich: „Oh, Entschuldigung, das ist mein Freund, Jonathan!". Mann, das klingt doch
1 A!
Hach Jonathan, mein Freund!

Er ist soooo süß. Er ärgert mich total gern wenn wir mit unseren Leuten aus der Klasse unterwegs sind. Nina meint, das wäre ein absoluter Liebesbeweis. Dann haut er mir zu Beispiel extra vor der Nase die Türe zu, öffnet sie aber gleich auch wieder und schaut mich total lieb an. Oder wir gehen alle ins Kino und er will mir ständig nichts von dem Popcorn und der Cola abgeben, und wenn dann endlich doch, dann hält er mir den Strohhalm in die Nase - Männer! Aber wenn wir alleine sind, dann wuschelt er mit oft ganz frech über den

Kopf und sagt so was wie: „Du bist ein dämlicher Wuschelkopf!".

Dann bin ich natürlich sauer und werfe mich auf ihn und versuch ihn fertig zu machen. Da er aber stärker ist verliere ich meist. Was mich nicht stört, denn meist endet das Gerangel in einem wunderschön Kuss. Hach die erste Liebe kann sooo schön sein. Warum geht die eigentlich zu Ende? Alle sprechen sie von ihrer 1. Liebe.
Wer hat die denn eigentlich noch? Ich meine, bedeutet das jetzt, dass Jonathan und ich uns auch mal trennen? Wahrscheinlich schon?! Aber ich glaub eher nicht. Jedenfalls sieht es im Moment nicht so aus!

Egal. Ich sollte eigentlich auch lernen. Aber irgendwie komm ich nicht dazu. Bin
so beschäftigt mit Tagebuchschreiben. Hab ich schon seit Wochen nicht mehr ausführlich getan. Ob das als Ausrede bei nem Sechser in der Ex gilt?
Hm, vielleicht sollte ich doch einfach noch bissel lernen. Aber ich kapier das einfach nicht so. Jonathan muss mir helfen. Schließlich sind wir auch über gegenseitige Nachhilfestunden zusammen gekommen!

Find ich irgendwie schon gemein, dass er mich heute einfach so sitzen lässt. Immerhin weiß er doch, dass ich seine Hilfe brauche in Mathe.
Das Wetter ist zwar das erste Mal in diesem Jahr so richtig schön, aber trotzdem könnte er mir ruhig helfen zu lernen, anstatt mit den anderen Jungs skaten zu gehen. Mir sind meine Noten halt nicht ganz egal. Aber bitte, wenn mein Freund meint. Dann muss ich meinen süßen Freund, Jonathan, diesen süßen Freund, halt skaten lassen und ihn morgen wieder für mich einnehmen...

Dienstag, den 26. April
Nina, Lilly und Marie haben heute den ganzen Tag in der Schule gerätselt, was wir am Freitag machen. Denn da ist ja der 1. Mai und wir wollen das erste Mal richtig reinfeiern und dürfen das sogar auch. Aber die ganzen Partys, die Nina vorgeschlagen hat, kommen nicht in Frage. Denn da darf man überall nur ab 18 Jahren hin. Und ich bezweifle sehr, dass die uns für vier Jahre älter halten als wir sind.

Also bleibt uns vermutlich nur das Juze, da ist ne Maiparty. Klingt perfekt würde ich sagen. Marie grinste mich an und meinte mit rollenden Augen und breitem Grinsen: „Klar ist das perfekt! Da ist ja auch er da - " und alle drei Mädels prusteten lachend und grell: „Jonathan - mein Freund!".
„Tss, lacht ihr nur", sagte ich hochnäsig.
„Ihr seid ja nur neidisch", sagte ich lieb und stupste Marie in die Seite.
„Da kommt er schon", meinte Lilly.
„Ja, wenn man vom Teufel spricht!", grinste mich Nina an.
„Lacht ihr nur, ich bin glücklich!", sagte ich und sah zu meinem Schnuckel rüber, meinen Freund Jonathan, der in dem Moment von Stefanie in Beschlag genommen. Stefanie? Was will denn die blöde Kuh bei meinem Freund?

Nur weil sie mit uns in die Klasse geht muss sie sich ja hier nicht so aufbrezeln und meinen Freund mit ihrem dämlichen Geplapper nerven.

„Na geh schon rüber", schubste mich Marie in seine Richtung.
Ein bisschen zögerlich folgte ich aber ihrer Aufmunterung und lief zu ihm, Jonathan, meinem Freund. (Ich find übrigens das klingt immer noch toll - Jonathan - mein Freund).
Stefanie plapperte unermüdlich auf ihn ein, aber ihm schien es zu gefallen. Er grinste. Dann, kurz bevor ich bei ihnen war, strich sie ihm über den Arm und sagte noch was zu ihm, was

ich leider nicht verstehen konnte und mit einem Blick zu ihren anderen beiden dämlichen Gänsen verabschiedete sie sich von ihm, drehte sich um und stand genau vor mir.
Sie räusperte sich, grinste mich überlegen an und sagte so hochnäsig wie ein Mensch es nur sagen kann: „Hallo!".
„Such das Weite!", antwortete ich nur und stellte mich mit fragendem Blick vor meinen Freund - Jonathan - der Idiot! Merkt der nicht, wie dämlich die Kuh ist?!

„Na, hat sich dich sehr genervt?", fragte ich verständnisvoll.
„Wer? Stefanie?", fragte er wiederum so dämlich wie ein Mensch nur fragen kann. Bitte? Das meinte er ja wohl nicht ernst?

In dem Moment ertönte der Pausengong für die nächsten beiden Stunden.
„Komm wir gehen rein!", sagte Jonathan und nahm nicht meine Hand.
Das machte er sonst aber schon. Also nahm ich einfach seine.
„Ich hab übrigens beschlossen mir heute ne neue Handykarte zu holen. Die ist nämlich durch diverse Gute-Nacht-SMS schon wieder aufgebraucht. Kommst du mit? Heute Mittag?", versuchte ich gut gelaunt.

„Hm", knurrte Jonathan nur.
„Heute Mittag ist schlecht. Ich muss erst lernen, und heut Nachmittag wollt ich noch mit Marc skaten gehen".
„Ach so", sagte ich sichtlich enttäuscht.

Jonathan schaute mich kurz an.
„Aber wenn du willst komm ich heut Abend kurz zu dir, dann schau ich mir die Errungenschaft an, die du dir ausgesucht hast!".

Mein Gesicht hatte das Grinsen wieder.

„Marc und die anderen können heut eh nicht so lange!".

„Marc und die anderen?", fragte ich verblüfft.
Normalerweise trifft sich Jonathan nur mit Marc, und nicht noch mit „den anderen".

„Ja. Stefanie hat heut Abend noch so ein Familiending. Hat sie gestern schon gesagt.".

Stefanie?

„Stefanie? Wieso triffst du dich mit Stefanie? Das ist ne ausgebeulte Gummikugel, die nichts im Hirn hat und nichts Besseres zu tun weiß, als mich und die anderen Mädels zu ärgern!".

„Ach Nati, lasst mich bitte aus eurem Zickenkrieg raus!".

Zickenkrieg? Ich bin ja wohl keine Zicke. Die einzige, die nicht nur ne Zicke ist, sondern auch noch dämlich, fies und arrogant, ist diese dämliche Kuh!
Mittlerweile waren wir im Klassenzimmer angekommen. Jonathan und ich sitzen ja nebeneinander. Aber während der gesamten nächsten zwei Stunden sagte ich nichts mehr zu ihm. Er allerdings auch nicht.

Dienstagabend, den 26. April

Es ist schon spät und ich muss gleich schlafen gehen, sonst motzt meine Mutter wieder. Aber es ist wieder alles in Ordnung, wollt ich nur sagen.

Ich war mit Nina, Lilly und Marie in der Stadt und wir haben auch Nina und Lilly ein total tolles Handy gekauft.

Nina, Lilly und ich können uns jetzt SMS schreiben und jederzeit anrufen. Nur Marie hat noch keins. Aber der schenken wir eins zum Geburtstag - vielleicht, wenn unser Geld reicht.

Lillys Eltern haben zwar erst rumgemosert, aber wir haben ihnen gesagt, dass das doch praktisch sei, jetzt können sie jederzeit wissen wo wir sind. Und falls wir irgendwo unterwegs sind, können wir uns jederzeit bei Ihnen melden und Zwischenbericht über die Lage unseres Lebens geben. Das hat ihnen eingeleuchtet.

Später kam dann noch Jonathan zu mir und wir haben uns total gut unterhalten, über Gott und die Welt und total die Zeit vergessen. Irgendwann kam meine Mutter in mein Zimmer um mir Gute Nacht zu sagen und Jonathan und ich saßen immer noch auf meinem Bett und haben gequatscht.

Dann hat sie ihn aber heimgefahren. Zum Abschied hat er mir aber noch einen ganz süßen, lieben, tollen Kuss gegeben. Hach, es ist schon schön einen Freund wie Jonathan zu haben, besonders wenn es meiner ist.

Mittwoch, den 27. April

Wie wichtig ist das Leben gegenüber der Schule? Also mein Leben ist doch eindeutig wichtiger oder? Ich find das auch! Und zum Leben zähle ich nichtetwa gute Leistungen in der Schule, sondern die Freude und den Spaß, den man durch Hobbys, Freunde und den Freund erfährt. Ich finde das viel lebensnäher als irgendwelche schulischen Leistungen!

Leider sehen das meine Eltern vermutlich anders. Ich hab in Mathe versagt! Kein Wunder, ich kam ja nicht zum Lernen! Mit Jonathan hatte ich gestern echt anderes zu tun.

Ich finde aber auch nicht, dass ich jetzt nur noch vor den Büchern sitzen sollte. Es ist doch toll, wenn ich mit meinem Freund über Gott und die Welt sprechen kann. Das sind immerhin weltpolitische Themen! Also was gibt es denn da bitte einzuwenden?
Brauche ich im Alltag nicht einmal mehr Wissen und Toleranz gegenüber anderen, als Verständnis für irgendwelche mathematischen Gleichungen?
„Nein!", sagen meine Eltern.
Tss, die will ich mal sehen, wenn ich eines Tages zu einem absoluten intoleranten Streber mutiert bin, der keine Freunde hat. Hoffentlich sind sie dann glücklich.

Aber noch ist es nicht soweit. Die Matheex hab ich, wie gesagt, vermutlich in den Sand gesetzt. Na ja, egal. Die nächste wird besser. Dann muss Jonathan jetzt eben mehr mit mir lernen.
Und im Prinzip habe ich Mathe ja auch jetzt eigentlich ganz gut drauf. Die Klausur neulich war immerhin eine 2!
Und dass wir innerhalb von einer Woche nicht nur dank neuen Rechenwegen sondern einem komplett neuen Thema schon wieder eine Ex schreiben, dafür kann ich nun wirklich nichts! Meine mathematische Gehirnhälfte ist mittlerweile einfach schwer überlastet.

Jonathan muss diesen Teil meines Kopfes übernehmen.
Ich helfe ihm dafür schließlich auch in Englisch und Deutsch. Und er muss auch ein bisschen Gas geben, sonst bleibt er nämlich sitzen. Aber das mag er nicht hören, dass er mal mehr tun muss für die Schule. Er sagt dann, ich würde wie seine Mutter reden. Na ja, ganz unrecht hat sie ja wohl auch nicht oder? Denn die einzigen Fächer in denen Jonathan was kann, sind Sport, Chemie und Mathe. Mathe hat er Einsen, überall anders nur Dreien und schlechter.

Nina war heute dafür aber super drauf. Sie hat ständig

Quatsch gemacht und Lilly und Marie haben in der Schule nur rumgekichert. Trotz Mathe!

Aber irgendwie liegt es nicht nur an Mathe! Ich weiß auch nicht, es ist als hätte ich eine dunkle Vorahnung. Aber ich weiß nicht auf was!
Ich fühl mich innerlich total unruhig, und mein Herz fühlt sich ganz komisch an. Geht mir jetzt schon seit ein paar Tagen so. Aber ich kann überhaupt nicht sagen vor was ich Angst habe.

Es ist eigentlich auch keine Angst, es ist mehr eine innere Unruhe. Aber wahrscheinlich ist es nur die Pubertät. Oder die Liebe!

Ich hab Jonathan vorhin vor dem Abendessen eine SMS geschrieben. Ich hab ihm was ganz lustiges, freches geschrieben.

Er hat dann auch irgendeinen Quatsch geantwortet, ich hab aber noch lustiger zurück geschrieben. Dann hat er mir einen lustigen Reim geschickt. Und ich ihm was ganz Süßes zurück: „Schau in die Sterne dieser Nacht, das hab ich für dich gemacht, klau sie nicht, du Dieb, denn ich hab dich furchtbar lieb! Bussi Nati".

Wenn das mal nicht lieb ist?! Aber Männer können ihre Gefühle nicht so richtig ausdrücken. Er hat nur geschrieben: „Gute Nacht du Spinnerin!".

Ein bisschen enttäuscht bin ich schon. Aber so sind sie halt - die Jungs von heute. Einfach keine Gentlemen mehr!

Donnerstag, den 28. April

Hach, morgen ist endlich wieder Wochenende. Ich freu mich schon so auf den 1. Mai. Das wird bestimmt total lustig. Nina, Lilly und Marie planen schon die ganze Zeit, wo, wann und wie wir uns am besten stylen. Ist nach wie vor eine unserer Lieblingsbeschäftigungen.
Wahrscheinlich gehen wir morgen zu Nina. Ihre Mutter fährt uns dann auch in die Jugenddisko, denn wir wollen ja dort in den 1. Mai reinfeiern. Juhu, ich freu mich schon so! Hab ich das schon mal erwähnt?

Jedenfalls kommt Jonathan auch. Ich hab heut mit ihm in der kleinen Pause kurz darüber gesprochen. Er sagte, er würde mit Marc kommen. Eigentlich kommt eh jeder von unserer Klasse dorthin. Außer die Streber. Die dürfen noch nicht weg, aber ich glaub, die wollen auch noch gar nicht. Sind halt doch komische Menschen! Was die wohl später mal werden?

Hm, aber bevor ich mir über die Gedanken mache, sollte ich besser mal wissen was ich selbst später mal werden will. Hm, ach, egal. Hab ja noch Zeit. Bin schließlich erst 14!
Aber nicht zu jung für die Liebe! (breites Grinsen).
Ich hab Jonathan heute den ganzen Tag total angestrahlt. Ich finde, er ist die letzten Tage so ein bisschen verklemmt mir gegenüber. Nicht, dass er jetzt vor den anderen jemals so lieb zu mir war, wie wenn wir alleine waren, aber ich glaub, er ist einfach nur ein bisschen unsicher. Meint jedenfalls meine Mutter. Er weiß halt auch noch nicht, wie das mit ner Freundin so ist. Immerhin sind wir die Einzigen aus der Klasse, die einen Freund oder eine Freundin haben.

Ich schäme mich mittlerweile aber nicht mehr, dazu zu stehen. Immerhin weiß eh schon jeder, dass wir zusammen sind. Selbst die dämliche Kuh Stefanie. Und seitdem ich mit Jonathan zusammen bin, hab ich immer das Gefühl, sie versucht ihn anzumachen.

Deshalb achte ich auch immer darauf, dass wir uns in der Schule nicht zanken. Die soll bloß nicht denken, sie könnte hier landen.

Ich versteh überhaupt gar nicht, warum manche Frauen immer anderen alles kaputt machen müssen?! Haben die denn selbst kein Leben, welches sie sich zerstören können?

Jonathan versteht das übrigens überhaupt nicht. Er sagt, ich spinne, wenn ich über Stefanie spreche. Sie wäre doch überhaupt nicht so! Das bringt mich regelmäßig auf die Palme. Aber ich spreche da überhaupt nicht mehr drüber. Dann kann alles wie gebuttert laufen.

Aber ich wäre schon froh, wenn ich überhaupt mit ihm sprechen könnte. Es ist ständig besetzt bei ihm heute! Wer telefoniert denn bei denen so lange? Er bestimmt nicht! Er spricht nie so lange. Wir telefonieren immer nur so zehn Minuten abends. Er meint, wir hätten uns doch eh nichts zu erzählen, weil wir uns ja den ganzen Tag schon in der Schule sehen.
Das ist doch aber egal! Schule ist halt beruflich und das abendliche Telefonat ist privat. Aber das checkt er nicht, dieser kleine Spinner.
Na, egal.

Er telefoniert jedenfalls bestimmt nicht seit schon fast zweieinhalb Stunden, in denen ich versuche ihn zu erreichen. Wahrscheinlich hat dieser kleine Eierkopf den Hörer nicht richtig aufgelegt, als er mit Marc telefoniert hat.
Ich schreib ihm jetzt ne SMS oder ruf gleich auf seinem Handy an.

Donnerstag, den 28. April, später

Ich weiß gar nicht wo ich anfangen soll! Er hat doch telefoniert! Mit Stefanie!!!

Donnerstag, den 28. April, 2 Minuten später

Wie lange muss man weinen, bis der Freund anruft und sich entschuldigt?
Ich hab ihn vorhin auf seinem Handy angerufen und er ist rangegangen und ich hab ihn ganz gut gelaunt gefragt ob er denn den Hörer vergessen hätte aufzulegen und er sagte einfach so: „Nein, ich telefoniere!".
Und ich fragte ihn, mit wem er denn telefoniert und er sagt einfach so: „Mit Stefanie!".
Wie gemein kann diese Welt sein???

Donnerstag, den 28. April, Mitternacht

Er ruft wohl nicht mehr an, oder? Ich meine, vermutlich kann ich hier neben meinem Handy im Bett, umgeben von ca. 3000 verbrauchten Taschentüchern sitzen und beten und hoffen, dass er anruft, sich entschuldigt und mir sagt, dass er doch gar nichts von ihr will, sie ihn angerufen hat und nur zugetextet hat und er es ganz schrecklich fand!
Aber er meldet sich nicht! Keine SMS, kein Anruf! Ich komm mir vor wie ein Idiot!
Zweieinhalb Stunden telefoniert er mit dieser, dieser dämlichen, fiesen, hinterhältigen Kuh! Wieso? Wieso telefoniert er denn mit ihr? Was kann sie ihm denn erzählen, was ich nicht kann? Geht sie nicht auch mit ihm in die Klasse? Was kann sie denn schon erzählen, was ich nicht kann?

Als er mir vorhin gesagt hatte, dass er mit ihr telefoniert, konnte ich im ersten Moment gar nichts sagen. Ich war so platt. Ich war total sprachlos und hatte voll den Kloß im Hals!
Mein Herz hat sich so zusammengezogen und mein Kopf hat ganz doll angefangen zu klopfen. Ich hab nur so ein „Aha", rausbekommen.
Wieso spricht er denn mit ihr? Er weiß doch, dass ich sie absolut nicht leiden kann.

Nach meinem sehr mickrigen „Aha" war erst mal Funkstille. Mir stiegen sofort die Tränen in die Augen. Ich hab kein Ton mehr rausbekommen.
„Na gut", hab ich gemeint, „dann viel Spaß noch", gesagt und abgewartet was er nun sagt.

Aber da kam nichts mehr.

Er meinte nur: „Wir sehen uns ja morgen!".
„Genau", hab ich heulend geantwortet und versucht, dieses Wort so rauszupressen, dass er nicht merkt, dass ich weine. Wenn der denkt, ich heule wegen ihm und lass mich von Stefanie aus der Ruhe bringen, dann hat er sich getäuscht!!

Freitag, den 29. April, 0.24 Uhr

Wieso telefoniert er denn überhaupt so lange mit ihr? Sie sieht er doch auch morgen??!! Meine Güte, ich bin soooo sauer! Der kann morgen was erleben. Den mach ich fertig. Ich könnte schreien vor Wut!!! Ich explodiiiiiiieereeeeee!!!!

Freitag, den 29. April, 2.43 Uhr

Ich kann nicht schlafen!
Ich glaub, in meinem ganzen Leben hab ich noch nie so unruhig in meinem Bett gelegen! Ständig überlege ich mir, was ich hätte sagen sollen am Telefon. Das ich hätte ganz cool sagen können: „Na, dann hast du ja jetzt wohl genug mit ihr telefoniert, jetzt bin ich jetzt dran! Sag Tschüss zu ihr, ich muss dir was erzählen!". Dann wäre mir schon irgendwas eingefallen zum Erzählen.
Oder ich hätte ihn einfach fragen können, warum er denn mit ihr überhaupt so lange spricht.
Tja, hätte, würde, sollen.
Die ganze Zeit überlege ich schon, was ich hätte sagen sollen, oder was ich Morgen sage!
Ich sehe ihn wahrscheinlich kurz vor Schulbeginn auf dem Schulhof. Da ist er zwar mit Marc und den anderen Jungs zusammen, aber dann hol ich ihn mir eben weg. Das ist ja wohl mein gutes Recht, immerhin bin ich immer noch seine Freundin!

Freitag, den 29. April, 4.38 Uhr

Ich kann immer noch nicht schlafen, obwohl ich so langsam müde werde. Aber ich finde einfach keine Ruhe. Aber vielleicht ist das Ganze gar nicht so dramatisch, hab ich mir jetzt so überlegt!

Denn ich weiß ja, wie Stefanie ist. Sie ist halt einfach so vereinnahmend. Wahrscheinlich war es wirklich sie, die ihn angerufen hat, sie hat ihn zugetextet und er fühl sicheinfach so geschmeichelt, wenn sich ein Mädchen um ihn bemüht. Dass sie das nur macht, um mich und meine anderen Mädels zu ärgern, das checkt er halt einfach nicht! Und als ich ihn

dann auf dem Handy angerufen habe, war es ihm tatsächlich einfach unangenehm, weil er ja weiß, dass ich es nicht mag, wenn er mit ihr spricht!
Ich mach das schon morgen. Immerhin bin ICH mit ihm zusammen. Also wird er ja auch mich mehr mögen als sie. Also stellt sich hier überhaupt keine Frage!

Freitag, den 29. April, 7.10 Uhr

Grundgütiger, ich bin so dermaßen müde! Ich bin fast kaum aus dem Bett gekommen. Mir ist aber schlecht. Ich bin aufgewacht, als der Wecker geklingelt hatte, die 1. Sekunde war okay, dann ist mir sofort wieder alles eingefallen. Das Telefonat, meine Reaktion, Stefanie, Jonathan! Ich muss sofort in die Schule und das mit ihm regeln!

Freitag, den 29. April, irgendwann mittags

Ich kann es nicht glauben! Es ist aus! Wie viele Liter Tränen hat ein Mensch zum Vergießen und wie viele Schnulzen muss man hören um das zu überleben?

Freitag, den 29. April, etwas später

Meine Mutter war grad in meinem Zimmer. Ich hatte mich gerade etwas beruhigt, jedenfalls soweit, dass ich aufgehört hab zu weinen und gerade schreiben wollte, was passiert war, als sie die Tür öffnete. Ganz langsam und ohne anzuklopfen. Das macht sie sonst nie. Schon gar nicht, seit ich mit Jonathan zusammen war. Meine Güte, Jonathan, ich muss schon wieder heulen.

Jedenfalls kam sie rein, ich sah sie an und hab ihr angesehen, dass sie wusste, dass irgendetwas nicht in Ordnung ist. Ich hab sie heute Morgen zwar nur kurz gesehen und fast gar nichts mit ihr gesprochen, aber als sie von der Arbeit kam hat sie wohl gemerkt, dass ich nichts gegessen habe. Und das gibt wirklich Anlass zur Sorge! Immerhin esse ich sonst immer!
So sah sie mich heute aber nur an und schon mir liefen die Tränen runter.

Das war jedenfalls passiert:
Ich kam in die Schule und hab Jonathan schon von weitem stehen sehen. Aber natürlich war er nicht alleine, sondern Marc, Phillip, der auch bei uns in der Klasse ist und Stefanie standen bei ihm.

Stefanie!

Mir war schon total schlecht. Ich hab all meinen Mut zusammen nehmen müssen und bin in ihre Richtung gestiefelt.

Als ich bei ihnen war lachte Stefanie lauthals, so, als hätte irgendjemand was besonders Lustiges gesagt. Pfff, blöde Nuss.

Jonathan sah mich ziemlich betroffen an. Mit diesem Blick war eigentlich schon alles klar, aber wie das halt so ist, man kann es nicht glauben.
„Kann ich dich kurz sprechen?", sagte ich ziemlich schroff zu ihm (schroff ist übrigens ein cooles Wort, hab ich aus so nem lahmen Roman aus Deutsch. Das Wort war bis jetzt das einzig coole daran, der Rest ist ziemlich lahm. Egal).
Ist eh jetzt alles egal.

Denn Jonathan kam nur zögernd mit mir mit. Ich bin ziemlich sauer und schnell vorgelaufen, er kam mir nach wie ne lahme Ente. Ich fragte ihn, was eigentlich los sei und ob er vielleicht in Stefanie verliebt sei? Und alles was er sagte war: „Ich weiß es nicht!".

Mann, mehr muss man echt nicht mehr sagen. Sofort war mir alles klar. Gott, ich kann nicht sagen, wie ich mich in diesem Moment gefühlt hab. Ich hab echt gedacht es zieht mir den Boden unter den Füßen weg, es reißt mein Herz aus und ich explodiere gleichzeitig vor Wut und Enttäuschung. Ich hätte auf der Stelle kotzen können. Direkt vor ihn. Vor seine hässlichen Füße, die ich immer so lustig fand, weil er ganz dicke Zehen hat.
Aber der Kloß in meinem Hals verhinderte den Ausbruch.

Ausgerechnet SIE!
Ausgerechnet Stefanie!
Wegen dieser Kuh lässt er mich sitzen???
„Dann ist ja alles klar!", meinte ich fassungslos und ich merkte wie mir die ersten Tränen in die Augen schossen.

„Weißt du was, Jonathan, leck mich!", sagte ich gerade noch so, bevor ich mich umdrehen konnte und mir die Tränen runterliefen. Dann weiß ich nur noch, dass ich fast blind wegen der tränenüberflutenden Wasseraugen nur weglaufen wollte. Plötzlich rissen mich aber zwei Arme direkt an eine Schulter. Nina!
Sie drückte mich ganz fest an sich und ich vergrub heulend mein Kopf an ihrer Schulter.
Keine Ahnung, was war da nur passiert?

Ich meine, er hatte sich doch zuerst in mich verliebt! Ich wollte ja nicht mal neben ihm in Unterricht sitzen! Dann kam irgendwie eins zum anderen und er war auf einmal immer so lieb zu mir. Und auf einmal war alles wieder vorbei? Spinnt der denn?

Ich hab hemmungslos geheult, jedenfalls im ersten Moment. Als ich mein Kopf wieder von der Schulter Ninas hob, standen Lilly und Marie neben mir. Lilly schaute so betroffen, so glaub ich hab ich sie noch nie gesehen. Und Marie hatte glatt Tränen in den Augen und konnte mich nicht anschauen. Sie heulte doch glatt mit!

„Wir müssen rein", sagte ich und heulte darauf gleich wieder.
„Wir müssen gar nichts", meinte Nina bestimmt.

Und so standen Lilly, Marie, Nina und ich einfach auf dem Schulhof. Ganz alleine. Der Unterricht hatte bereits begonnen. Wir vier standen da. Ich war am Boden zerstört und die anderen fühlten sich, glaub ich, mindestens genauso mies.
Und so blöd wie es klingt, es war bestimmt das Schlimmste, an was ich mich bis jetzt erinnern kann. Da kommt kein Streit mit den Eltern ran und auch nicht mein Streit damals mit Stefanie, vor zwei Jahren, der unsere ohnehin nie gute Freundschaft endgültig zu Ende kommen ließ, weil sie mal wieder meinte, alles bestimmen zu können. Aber trotz des Kummers war der Moment mit den Mädels auf dem Schulhof auch das Tröstendste, was ich je erlebt habe.
Nachdem wir dort eine kleine Ewigkeit verweilt hatten beschlossen wir, erst zur dritten Stunde in die Schule zu gehen. Nina sagte einfach nur: „Es gibt Wichtigeres als in die Schule zu gehen!".
Damit nahm sie mich an die Hand und wir liefen los. Marie und Lilly folgten uns und wir gingen in unser Lieblingscafé.

Dank einer heißen Schokolade habe ich schon weniger gezittert. Ich war vorher so fertig, das ich echt überall am Körper gezittert habe und nur noch schluchzen konnte. Im Café hab ich dann den Mädels unter Tränen erst einmal erzählt was passiert war und sie haben echt alle glatt mitgeheult! Frauen!
Nach einer Stunde habe ich mich dann schon ein bisschen

besser gefühlt. Marie, die Pflichtbewusste, wurde langsam nervös. War nicht zu übersehen, dass sie in die Schule wollte. War schon okay. Mir ging's ja auch schon besser.

Also haben wir uns langsam auf den Weg in die Schule gemacht. Ich wusste schon, dass wenn ich ihn sehe, ich es grad so überleben werde. Aber Stefanie würde ganz schwirig werden, verständlicherweise.

Wir kamen genau während der großen Pause an der Schule an. Nina hat mich vor Betreten des Schulhofs auf einmal am Arm gepackt, rumgerissen und uns energisch in einen Kreis gereiht. Ich kam mir vor wie bei den Musketieren, nur halt vier statt drei und Mädchen statt Jungs. Tut aber nichts zur Sache.

„Schlachtplan", hieß die knappe aber präzise Anweisung von Nina.
„Marie, du übernimmst Nati! Lilly du Stefanie und ich widme mich unserem besonderen Freund!". Aha.
Ich stand so neben mir, dass ich gar nicht verstanden habe, um was es jetzt hier gehen sollte. Aber die anderen Mädels anscheinend schon. Ganz entschlossen stapften sie los und zogen mich mit.

Als wir in die Klasse kamen hatte ich das Gefühl mich übergeben zu müssen. Ich kam rein und das erste was ich sah war Jonathan. Ich blieb kurz stehen. Marie, die mich an der Hand hielt, auch, dann zog sie mich auf Aufforderung von Nina weiter. Marie platzierte mich neben sich.

Damit saß ich nun nicht mehr neben Jonathan. Tja, war ja klar gewesen, dass es irgendwann mal darauf hinaus laufen würde. Aber wir waren ja auch so oft zusammen (das hab ich jetzt ironisch gemeint, also nicht ernst, das war auch nicht meine, sondern Jonathans Meinung), dass es nichts ausmachen würde, nicht mehr neben ihm zu sitzen.

Während ich neben Marie Platz nahm, lief Nina zu Jonathan und Lilly zu Stefanie.

Oh bitte, nein, nur kein Drama! Das ist ja noch erniedrigender als es eh schon ist. Wenn es jetzt auch noch alle mitkriegen würden, dann wäre ich ja total peinlich. So sah es vorhin wenigstens auf dem Schulhof aus, als hätte ich mit Jonathan Schluss gemacht und nicht umgekehrt.
Zwar war ich es auch, aber immerhin nicht unschuldig. Und peinlicherweise hatte ich ihm ja auch noch die SMS geschrieben.
Jedenfalls ging Nina zu Jonathan, lächelte ihn überlegen an, beugte sich über ihn und griff gekonnt in seine Jackentasche. Sie hatte etwas in der Hand, aber ich konnte nicht sehen, was es ist und hörte nur, was sie ihm ins Ohr flüsterte (schließlich saßen Marie, Lilly und Nina schon immer hinter uns, also genau da wo nun auch mein Platz war - wieder).
„Viel Glück beim Leben mit dem Teufel!".

Sie lächelte ihn nochmals sexy, aber mitleidig an und mir blieb der Mund offen stehen. Also, bei solchen Freunden braucht man echt keine Angst vorm Leben zu haben. Denn Nina hatte, ganz ohne dass er es bemerkt hätte, Jonathan das Handy aus dem Mantel geklaut und löschte nun feinsäuberlich während der nächsten Stunde meine SMS - Keine Beweise mehr! Keine Peinlichkeiten!

Nach der Stunde hatte sie ihn nochmals bewusst angerempelt, das Handy dabei wieder in seinen Mantel fallen lassen und ihn nur angekichert. Wenn die mal nicht alle möglichen Männer verrückt macht, dann weiß ich auch nicht. Jonathan auf jeden Fall war schwer verwirrt. Und das passte nun wiederum Stefanie überhaupt nicht.
Apropos, die Sumpfkuh. Lilly sollte sich ja ihr widmen. Da-

bei ging Lilly aber nicht auf Stefanie selbst los, sondern auf die beiden Mädels aus unserer Klasse, die ihr noch geblieben waren. Während des Unterrichts beugte sich Lilly vor zu Ina, einer der beiden treudoofen Kumpaninnen der Sumpfkuh und meinte, dass sie es schon beachtlich fände, dass sie und Babsi, die andere ihrer beiden Untertanen, immer noch zu Stefanie halten würden, obwohl sie doch bei den Jungs nur über sie lästern würden. So was wie: Wie kindisch und dämlich die beiden doch wären.

Ina war ziemlich erschüttert, jedoch muss man wohl sagen, dass sie nicht direkt überrascht gewirkt hat. Eher so, als würde sie das schon erwartet haben. Zu verdenken war ihr das nicht, immerhin hatte Stefanie bisher noch jeden vergrault.

Lilly warf Ina noch mal einen vielsagenden Blick zu und wandte sich wieder ihren Büchern zu. Aber selbstverständlich nur vordergründig. Sie grinste und blinzelte Nina zu, die sehr zufrieden nickte. Lief wohl alles nach ihrem Plan.
Das war wirklich nett von den dreien, ich hätte echt nicht gewusst, was ich ohne sie getan hätte. Aber einen Plan, wie es mir wieder besser geht, den hatte leider auch Nina nicht parat.

Und nun sitz ich hier, alleine in meinem Zimmer und sehe absolut scheiße aus. Ich hab total rot verheulte Augen und geschwollen Lippen und Tränensäcke. Ich bin ganz blass und hab rote Flecken. Und wenn ich mich im Spiegel ansehe, dann muss ich gleich wieder anfangen zu heulen...

Meine Mutter war grad noch mal in meinem Zimmer, hat mir einen Kamillentee gebracht und mich in den Arm genommen. Aber eigentlich will ich das gar nicht haben. Ich will alleine sein und die ganze Zeit nur wütend, enttäuscht und einfach traurig sein.

Freitag, den 29. April, 18.23 Uhr

Protokoll: Es war ein schrecklicher Tag! Doch nun feiern wir wohl in den 1. Mai. Denn Nina, Marie und Lilly sind da, haben mich komplett fertig auf meinem Bett vorgefunden, das Tagebuch in meiner Hand entdeckt und bestehen nun auf einen Eintrag. Bitte schön:

Liebes Tagebuch von Nati,

entschuldige bitte, dass wir hier so einfach reinplatzen. Aber du wirst sicherlich damit einverstanden sein, wenn wir dir Nati für ein paar Stunden abnehmen. Du musst gerade genug durchmachen, da möchten wir dir eine kurze Pause gönnen. Wir werden jetzt mit gemeinsamen Willen und Körpereinsatz Nati zurecht machen und sie mit nach draußen nehmen, denn in ein paar Jahren wird sie sich nicht mehr an die dämliche Kuh Stefanie oder den pubertierenden Buben Jonathan erinnern, sondern an ihre 1. Feier in den 1. Mai. Und genau das werden wir jetzt für sie organisieren. Also wünsch uns eine gute Nacht und eine super Party!!!

Bussi Nina, Marie und Lilly

Tss, die haben Nerven....

Samstag, den 1. Mai

Oh Mann. Mir geht's schlecht! Ich bin heute Morgen aufgewacht und die 1. Sekunde war wieder in Ordnung. Und im nächsten Moment hat sich mein Magen zusammengekrampft und ich kann kaum noch atmen. Mir ist schlecht. Ich bin aufgewacht, und sofort musste ich heulen. So was Bescheuertes! Ich hasse das! Ich hasse ihn! Ich kapier das alles nicht.

Gestern Abend ging's mir dabei eigentlich ganz gut. Mit Lilly, Nina und Marie bin ich auf so ne Dorfparty gegangen. Neben dem Fußballfeld war ein Riesenzelt aufgebaut. Meine Eltern waren peinlicherweise auch unterwegs. Aber die haben das „Maiwandern" wortwörtlich genommen und sind so nen Hügel raufgewandert um dort oben mit Wanderfreunden reinzufeiern. Tss, das würde mir einfallen. Da hoch zu stapfen. Mit den Wildschweinen und Krähen gemeinsam feiern muss ja auch nicht sein.

Aber gut, bei uns im Zelt steppte jetzt auch nicht so der Megabär. Wir vier saßen an einer der zahlreichen Bierbänke. Um uns herum nur Alte (ca. ab 25 Jahre aufwärts) und Kinder. Lauter so 12-jährige Mädchen und Jungs. Na suuuper!
Wir haben soviel Cola aus Langeweile getrunken, dass mir nachher ganz schlecht war und ich nicht einschlafen konnte.

Eine Dorfband hat gespielt und ein paar von den Alten haben getanzt. Erst fanden wir's ganz schrecklich.
Dann hat aber Nina beschlossen, dass wir jetzt mal Spaß haben sollten und hat uns auf die Tanzfläche gezogen. Und tatsächlich: Nach zwei Minuten ging's besser. Ich konnte sogar lachen. Weil wir nur Quatsch getanzt haben. Mal alleine, mal zu zweit und da haben wir uns dann ganz wild gedreht und rumgeschleudert. So lange, bis jedes Mal eine von uns voll auf dem Hosenboden gelandet ist. Hat schon wehgetan, aber ich hab mir fast in die Hose gemacht vor Lachen.
Gegen eins wollten meine Eltern uns abholen. Um kurz nach zwei kamen sie an. Aber nicht etwa, um uns heimzufahren. Nein, die waren mega dicht!!! Sie haben nur rumgekichert und was von Himbeerwein gefaselt, bei dem man gar nicht den Alkohol schmecken würde! Komisch, denn bemerkt hat man ihn ganz deutlich!! Marie, Lilly und vor allen Dingen Nina haben sich kaputtgelacht. Sie fanden das sooo „süüß".
Na toll. Meine Eltern sind „süüß". Pah!
Ich hab sie auch ausgelacht. Was hätte ich denn auch machen

sollen? Die Eltern muss man nun mal nehmen wie sie sind.

Mit meinen Eltern und kurz zuvor wurde übrigens das Zelt auf einmal richtig voll. Tausend Leute sind noch ab ca. ein Uhr gekommen.
Meine Mutter erzählte mir dann auch noch brühwarm, dass alle in unserem Alter oben auf dieser Hütte waren und gefeiert haben. Sie seien die Ältesten gewesen. Toll, das ist ja super! Meine Eltern gehen auf die angesagten Partys und wir vier, die dort eigentlich hin sollten, hocken hier bei den lahmen Alten!
Wie ist das? Läuft das jetzt in Zukunft immer so? Meine Eltern gehen in die Disko und ich zum Landgasthof zum Schnitzel essen? Nichts gegen Schnitzel, ich liebe Schnitzel. Aber nicht wenn meine Eltern Clubtour machen!

Egal. Ist doch eh alles egal. Wir sind dann gestern alle zusammen noch heimgelaufen. Als ich so mit den Mädels spaziert bin und sich Nina, Lilly und Marie über die Unterdrückung der Frau in der Gesellschaft durch den Mann unterhalten haben, ging's mir auf einmal ganz schlecht.
Ich kam mir voll alleine vor und hab an Jonathan denken müssen.
Er hat ja bestimmt im Jugendtreff reingefeiert. Da war's bestimmt lustiger.
Ich wär echt gern dabei gewesen.

Oh verdammt, jetzt laufen mir schon wieder die Tränen runter. Ich könnt heulen. Die ganze Zeit. Gerade mal 14 und schon beziehungsgeschädigt! Trauriges Leben! Jetzt werde ich nie den richtigen Mann finden – und einsam enden. Ich werde vermutlich nur mitleidig von Marie, Lilly und Nina und ihren Familien zu Weihnachten und Ostern eingeladen werden. An Geburtstagen bekomm ich mal eine SMS, aber sonst hat keiner Zeit für mich. Weil sie alle Familie haben und nur ich alleine ende. Weil mir bereits als junges Mäd-

chen das Herz gebrochen wurde und ich so mein Leben lang gezeichnet bin.
Bei der Vorstellung kann ich grad noch mehr heulen.
Außerdem bin ich fett und hässlich... heul, aber was soll's, mich mag ja eh keiner.

Das Leben ist doch echt zum Kotzen! Und eigentlich müsst ich noch Physik und Englisch lernen. Ich hab so was von kein Bock!!!! Ich hasse das Leben!!!!!!

Sonntag, den 2. Mai, morgens

Wie lang dauert in der Regel Liebeskummer? Meine Mutter meint nämlich, ich hätte Liebeskummer! Das seh ich ganz anders!
Ich hab kein Liebeskummer. Jonathan geht mir nur auf die Nerven!
Ich war vielleicht etwas verknallt in ihn, aber tss. Das vergisst man in meinem Alter doch sofort!

Meine Mutter meinte darauf nur, dass es ganz normal sei, dass man bei Liebeskummer weinen würde, den Ex und sich selbst sowie die ganze Welt hassen würde! Pah, so was Bescheuertes. Wegen nem bekloppten Jungen hasse ich doch nicht die ganze Welt! Dazu bin ich echt zu realistisch. Gut, kann ja sein, dass ich am Anfang etwas enttäuscht war. Aber pah, scheiß drauf. Ist mir doch egal was dieser Eierkopf macht. So toll ist der jetzt auch nicht. Außerdem hat Jonathan mir eh nie so gut gefallen.

Mein Traummann muss erst noch gebacken werden. Oder so lange nehm' ich wahlweise auch einen Typen wie Justin Timberlake. Vielleicht nur etwas jünger.
Einen, der mit coolen Sweatshirts und Hosen rumläuft und

sich nicht mehr von seiner Mutter anziehen lassen muss. Wenn ich damals an die Begegnung mit Jonathan und seiner Mutter im Kaufhaus denke, Mann, wie peinlich für dieses Kind.

Aber Kleinvieh macht bekanntlich auch Mist.

Mist hat Jonathan gebaut und den kann er jetzt auch selbst auslöffeln. Muss er halt sehen, wie er ohne mich zurechtkommt. Wenn er jetzt in der Schule versagen will, bitte.
Ich hol ihn nicht raus. Dieses Loch hat er sich selbst gebuddelt, soll er gefälligst auch darin bleiben.

Dass ich liebend gern zu ihm in dieses Loch hüpfen würde, um ihm zu helfen, sich wieder auszubuddeln, ist dabei gar nicht relevant!

Und dass ich die ganze Zeit heulen muss und mir schlecht wirdwenn ich darüber rede, schreibe oder auch nur daran denke, dass ich jetzt sagen muss: „Das ist mein EX-Freund!", hat überhaupt nichts zu bedeuten.
Er ist mir egal. Ehrlich!

Na ja, vielleicht auch nicht.. Ich hab keine Ahnung. Egal. Nein, nicht egal. Ach mann, so ein Käse!
Und heut abend kommt nicht mal was Anständiges im Fernsehen!! Das ist echt zum Kotzen!

Sonntag, der 2. Mai, später

Nina hatte heute Mittag angerufen. Wie es mir geht. Eigentlich ging es mir gut, aber als sie so gefragt hat, musste ich auf einmal voll heulen. Bis jetzt hab ich ja nur zu Hause und allein geheult. War mir auch irgendwie voll peinlich. Aber ich konnte nicht aufhören. Da meinte Nina plötzlich, ich solle mich anziehen. Sie sei mit den anderen in einer halben Stunde da.

Und tatsächlich, eine halbe Stunde später standen die drei vor mir. Nina schaute mich ernst an. Marie und Lilly standen nur da.
„Komm", war die kurze Aufforderung von Nina.
Ich zog meine Jacke an und schloss die Haustür hinter mir.
Und ob man's glaubt oder nicht: Wir haben dann kein Wort mehr geredet.
Wir sind Nina hinterher gelaufen.
Eine viertel Stunde später standen wir vor unserem Bahnhof.
„Es gibt Momente im Leben, da gibt es einfach nichts mehr zu sagen!", sagte Nina und stapfte voraus.
Marie, Lilly und ich schauten uns an. Dann liefen wir ihr hinterher.
Nina ging zum Automaten, kaufte ein Gruppentagesticket, schaute kurz auf den Plan, lief mit uns zu Gleis 5 und stieg in den Regionalzug ein.
Keine von uns traute sich was zu sagen.
Schließlich rollte der Zug aus dem Bahnhof und wir fuhren quer durch die Stadt und später durch weite Felder.

Klingt blöd, ist aber so: Dieses Schweigen war so erleichternd und befreiend!
Nach einer halben Stunde sagte Nina: „Wir sind da!" und wir stiegen aus.

Dann sind wir noch 10 Minuten gelaufen.
Ich kannte den Weg. Hier sind wir im Sommer öfter. Hier ist ein wunderschöner Baggersee. Aber Anfang Mai doch noch ein bisschen kalt zum Baden. Es schien zwar die Sonne, aber es pfiff uns ganz schön der Wind um die Ohren.
Doch Nina hatte auch nicht vor baden zu gehen. Denn als

wir am See ankamen, blieb sie einfach auf dem Sand 20 Meter vor dem Wasser stehen.
Marie lief noch ein bisschen näher ans Wasser, Lilly blieb kurz hinter Marie stehen und ich hinter Nina.

Da standen wir nun. 4 Mädels am See, am kalten Frühlingstag.

Es war wunderschön. Ohne Worte!

Und ich hab in dieser Nach richtig gut geschlafen.

Montag, den 3. Mai

Ich glaub's einfach nicht! Ich sterbe!
Er hat sie doch tatsächlich geküsst! Geht's noch? Er wusste doch, dass er mir was bedeutet und dass mir die Trennung weh tut!
Er ist so ein Arsch!

Am Freitagabend, beim Reinfeiern in den 1. Mai im Jugendtreff hat er doch tatsächlich rumgeknutscht! Und dann ausgerechnet mit ihr! Dieser dämlichen Kuh Stefanie! Ich kann's nicht glauben!

Ich komm mir so dermaßen dämlich vor! In der Schule wurd's überall rumerzählt. Ich kam mir vor wie ein Idiot! Alle wussten doch, dass er mit mir gegangen ist.
Und dann küsst er ausgerechnet sie!
Das ist so unfair!
Marie, Lilly und Nina haben sich auch voll aufgeregt. Nina wollte schon hingehen und Stefanie eine runterhauen. Aber was bringt das?
Stefanie würde das höchstens bestätigen darin, dass sie die

„tollste" ist und deshalb alle Jungs was von ihr wollen und alle Mädchen sie deswegen hassen.
Bitte sehr, wenn das ihr Lebensziel ist, dann werden wir schon sehen wo sie damit landet.
Irgendwann wird sie von ganz alleine da stehen. Das hat auch Nina überzeugt und sie hat sich nicht auf das Niveau einer Rauferei eingelassen.

Und was Jonathan betrifft: Als ich gehört habe, was er angestellt hat, war ich natürlich nicht so gut auf ihn zu sprechen und hab ihn komplett ignoriert.
Er lief aber schon wie ich zur 1. Stunde rein ins Schulhaus und als ich mit den Mädels rein bin, ist er an mir vorbei gelaufen und hat „Hallo" gesagt.
Ich hab überhaupt nicht auf ihn reagiert und ihn auch nicht angeschaut.

Stattdessen hab ich Nina gefragt: „Hast du Englisch gemacht? Ich war gestern noch zu müde nach der Party. Kann ich bei dir abschreiben?".

Marie war ganz außer sich, weil sie so stolz war auf meine Reaktion und Lilly hat gemeint, er hätte total doof geschaut. Lilly wagte es sogar soweit, dass sie meinte, er hätte geschaut als würde er es bereuen mit mir Schluss gemacht zu haben.

Nina und Marie haben Lilly sofort in die Rippen geboxt.
„Ist aber auch egal ob er es bereut oder nicht, was er mit Garantie nicht macht! Er ist blöd. Und mit Blöden verschwende ich nicht meine Zeit. Und genau das werde ich ihm und Stefanie irgendwann sagen!".

Damit ging's mir erst mal besser. Aber leider nur so lange, bis Stefanie mit ihrem Siegerlächeln in die Klasse kam und mich herausfordernd angegrinst hat. Komm ich ins Gefängnis, wenn ich sie krankenhausreif schlage?

Dienstag, den 4. Mai

Morgen schreiben wir eine Englisch Klausur. Die Nachrichten werden ja immer besser! (Ironie!).
Ich hab überhaupt kein Bock zu lernen!

Jonathan und Stefanie sind aber nicht zusammen. Stefanie war heut auch schon nicht mehr so gut gelaunt wie gestern. Jonathan sowieso nicht. Tatsächlich beschleicht mich das Gefühl, dass er es vielleicht wirklich bereut. Aber was bringt mir das? Er hat sich von dieser Zimtziege einwickeln lassen und ist damit voll daneben gelegen. Ich hab ihm ja gleich gesagt, dass sie ne doofe Kuh ist. Aber bitte, wer nicht hören will muss eben fühlen.

Apropos fühlen. Nina fühlt sich sehr zu Reiner hingezogen. Der ist in der 10.!!!! Klasse. Ein bisschen alt würde ich sagen! Erst wollte sie es mir gar nicht erzählen, aus Rücksicht wegen Jonathan. Pah, Geplapper. Sie kann mir doch erzählen, wenn sie verliebt ist. Ist doch schön für sie! Als ob ich ihr das ausreden würde! Nur weil ich dummerweise an einen blöden Kerl geraten bin, muss ihr das ja nicht genauso gehen!

Im nächsten Satz den ich von mir gab versuchte ich sofort, ihr diesen Typen auszureden!
„Bist du bescheuert? Die Jungs sind doch eh alle dämlich. Sie haben keine Ahnung was wir wert sind, wollen die ganze Zeit nur Fußball spielen und pupsen. Was willst du denn mit so einem?!".

Hm, das war jetzt vielleicht doch etwas unangebracht. Nina schaute mich verständnisvoll, aber leicht wütend an. Ist glaube, es ist gar nicht so einfach zwei so unterschiedliche Gefühlslagen gleichzeitig zum Ausdruck zu bringen - allen Respekt Nina!

Lilly schaute derweil betroffen und Marie unschuldig.

Irgendwas war doch hier im Gange?

„Tschuldigung", begann ich meine kurze Entschuldigung.
„Also los, erzählt mir alles", quetschte ich mit einem versucht lockerem Grinsen raus.

„Er ist überhaupt nicht so doof!", begann sich Nina zu verteidigen.
„Er ist immerhin schon in der 10. Und außerdem, wieso soll nur ich mich rechtfertigen. Lilly ist schließlich auch verliebt. Und sie hat so einen dämlichen Fußballer - nicht ich!".

Lilly schaute Nina entsetzt an. Die hob unschuldig die Schultern.
Kommentarlos, aber mit einem aufgesetzt freundlichem Grinsen, bin ich wieder rein in den Klassensaal gegangen.

Na toll, ich bin nicht nur eine verlassene Singlefrau, sondern auch noch eine, der die Freundinnen noch nicht einmal alles aus Rücksicht auf ihre Gefühlswelt erzählen können. Was soll ich denn dazu auch sagen?

So wollte ich auf jeden Fall niemals werden.

Mittwoch, den 5. Mai

Nina war jetzt zwei Tage lang voll in Reiner verliebt. Heute ist es vorbei! Dabei hatte ich mir gestern Abend extra noch verschiedene Flirttaktiken für sie überlegt und aus verschiedenen Zeitschriften rausgesucht. So wollte ich mich für mein Verhalten gestern entschuldigen. Aber als ich mit meinen Vorschlägen ankam, hatte sie nur abgewunken.

„Ach, der ist doch nichts für mich!", sagte sie in einem Tonfall, als hätte ich ihr vorgeschlagen, unseren Mathelehrer Schulz anzubaggern.

Lilly, Marie und ich schauten uns verwirrt an. Nina saß vor ihren Heften und schrieb gerade Englisch ab. Als keine von uns mehr was sagte, schaute sie hoch und schnaufte. Sie holte tief Luft, dann sagte sie: „Mädels, ihr seid ja wirklich süß, aber denkt doch mal nach, wie lange halten denn schon diese pubertären Beziehungen?"
Betroffenes Schweigen.
„Na, seht ihr!", sagte sie lehrerhaft.
„Das beste Beispieldass das nicht funktioniert sind doch Nati und Jonathan!".
Na toll, danke! Immer schön rein in die offene Wunde!

„Außerdem", fügte sie noch zögernd hinzu, „ist er mit irgend so einer Tante aus seiner Klasse zusammen!".
Aha, daher wehte der Wind.
Lilly, Marie und ich grinsten uns an. Nina würde niemals so einfach zugeben, dass ihr jemand gefallen hat, den sie schon längst an eine andere verloren hat. Aber irgendwie war das süß.

Und es hat mich sogar von Jonathan abgelenkt. Verdammt!!! Jetzt lief mein Ablenkungsmanöver doch schon so gut!

Ach Mensch, wenn ich an ihn denke und wie das alles gelaufen ist, muss ich schon wieder heulen. Ich hab mittlerweile schon Dauertränensäcke!
Aber das Schlimme ist: Ich kann es nicht abstellen.
Ständig kommen mir wieder diese Gedanken, wie schön es war, dass er der 1. Junge war, den ich geküsst habe, so richtig meine ich, und dass mich das auch gar nicht gestört hat. Weil vorher fand ich küssen schon etwas eklig.

Aber mit Jonathan war es perfekt. Und wie er mich vorher immer angesehen hat und mich dann an sich gedrückt hat.

Ich kann mir richtig vorstellen, wie er ein paar Stunden nachdem wir Schluss gemacht haben, mit dieser Sumpfkuh Stefanie rumgeknutscht hat. Wie er sie dabei angesehen hat und sie dann an sich gezogen hat. Wie es ihm egal war, wie es mir geht und jetzt muss ich aufhören zu schreiben, weil ich vor lauter Tränen in den Augen schon gar nicht mehr sehe, was ich eigentlich schreibe... heul...

Donnerstag, der 6. Mai

Seit sechs Tagen bin ich wieder Single. Seit sechs Tagen habe ich meinen 1. Ex-Freund. Seit sechs Tagen geht's mir scheiße!

Aber heut war es zum ersten Mal richtig warm. Jetzt kommt bald der Sommer und ich häng hier alleine rum. Also gut, nicht ganz alleine, aber ohne Jonathan.

Das Schlimme ist aber eigentlich, dass ich ihn gar nicht mehr zurückhaben wollte. Denn er hat Stefanie geküsst, daran muss ich ja jetzt schon ständig denken. Und das würde auch nicht besser werden, wenn wir wieder zusammen wären. Außerdem hab ich jetzt irgendwie gar keinen Respekt mehr vor ihm.
Es tut zwar irgendwie weh („weh tun" ist was Komisches, hätte nie gedacht, dass es wirklich „weh" tut, ist aber tatsächlich so! Das ist so ein kräftiges Ziehen am Herzen, ein Schlag in den Magen und ein Drücken auf den Kehlkopf der einem das Atmen schwer macht, Mann, Liebe ist echt schwere Kost!), aber wiederhaben will ich diesen Eierkopf auch nicht mehr.
Bin froh, dass er fort ist. Der sackt grad total ab. Während ich trotz erschwerten Lebensbedingungen in Mathe, Deutsch

und Englischklausuren noch Zweier und Dreier geschafft habe, hat er zwei Fünfer und ein Vierer. Nicht gerade brillant. Wo er ohnehin aufpassen muss, weil er zwar Mathe kapiert, aber sich nie konzentrieren kann und dann ständig Leichtsinnsfehler macht. Aber das kann mir ja egal sein.
Wobei er mir schon ein bisschen Leid getan hat, als wir die Klausuren zurückbekommen haben und er so schlechte Noten bekommen hat. Aber wie gesagt, geht mich nichts an!

Freitag, der 7. Mai

Ich bin tief deprimiert!
Nachdem ich gestern ja schon geglaubt habe, mir geht's etwas besser, geht's mir heut Abend wieder so richtig schlecht. Es ist Freitag und ich weiß nicht, was ich machen soll. Jetzt sitz ich in meinem Zimmer und heule. Das ist ja ne tolle neue Freizeitbeschäftigung! Gefällt mir aber nicht!!!!

Freitag, der 7. Mai, später

Ich bin so wütend. Auf alles! Meine dämlichen Freundinnen haben heute keine Zeit. Marie muss zu Hause bleiben, weil sie nur zwei Dreier und ne Vier geschrieben hat. Bitte! Das geht doch! Da sind andere viel schlechter. Zum Beispiel mein EX-Freund! Und der darf ja schließlich auch noch ausgehen!! Und dabei sogar noch mit so dämlichen Gänsen wie der Kuh Stefanie rumknutschen. Aber da sieht man es ja mal wieder: Jungs dürfen alles, nur weil sie Jungs sind. Wir Mädchen werden, obwohl Emanzipation, immer noch wie im Mittelalter kurz gehalten. Wenn das so weiter geht, rufe ich zum Streik auf. Und wenn ich Hungerstreiken muss. Ich mach das nicht mehr mit!

Nina ist mit ihrer Mutter das Wochenende auf ein Seminar der „Weiblichkeit des Seins" in so ein Kloster gefahren und kommt erst Sonntag wieder und Lilly hat morgen großen Geburtstag bei ihrem Opa!
Und ich? Sitz hier ganz alleine in einem riesigen Haus in einem unordentlichen Zimmer! Hier sieht's aus! Da muss ich glatt noch mehr heulen! Ich glaub ich spreng schon alle Heulrekorde! Wie stoppt man das denn???
Jonathan und Stefanie, deren Namen will ich gar nicht erwähnen, sonst schlage ich irgendwas kaputt, können derweil ihr Liebesglück ausleben.

Dies sind übrigens immer so Tage, an denen es echt passend wäre, Geschwister zu haben, dann würde ich die Wut jetzt glatt an denen auslassen...
Aaaahhhhh!

Freitag, der 7. Mai, einen Wutausbruch später

Hab grad fünf Minuten lang lauthals in mein Kissen geschrien und draufgeschlagen! Jetzt bin ich heißer und müde! Geh jetzt runter zu meinen Eltern, Fernsehen gucken!

Samstag, der 7. Mai

Das Wetter ist schön, die Sonne scheint, aber kalt ist es. Und ich bin schon wieder schlecht drauf! Wen wundert's!
Kaum aufgestanden, aus dem Bett gerade so rausgekrochen, bin ich im Schlafanzug runter in die Küche, um Müsli zu frühstücken, als meine Mutter meinte, ich solle mich mal anziehen, damit wir Einkaufen fahren können!
Wutausbruch!

Wieso braucht die mich denn? Jedes Mal nörgelt sie nur rum, dass ich nerve, wenn ich dabei bin, weil ich immer nur rummotzen würde, wann wir endlich wieder heimfahren.
Wieso will sie mich dann überhaupt mitnehmen? Einkaufen gehen nervt mich so sehr!
Klatschgespräche zwischen Einkaufswagen und Kühltheke sind nun mal nicht mein Leben!
Was ist so schlimm daran, wenn ich am Wochenende gerne faulenze??
Aber das geht Eltern immer gegen den Strich! Aber wenn ich mal Mutter bin, mach ich das ganz anders!

Noch bin ich aber Kind, damit ist meine Mutter erziehungsberechtigt und ich hatte nur eine Möglichkeit:
Ich bin Kind - so habe ich mich auch benommen!
Nicht beabsichtigt, wohlgemerkt!
Ist einfach so aus mir rausgebrochen!
Mir sind die Tränen in die Augen gestiegen (schon wieder), ich hab angefangen rumzuschreien, total hysterisch, wobei mir fast die Stimme versagt blieb, und gebrüllt, dass ich kein Bock hab mitzugehen, dass ich ihr doch eh nichts recht mache, den Sinn nicht erkenne, weshalb ich mit muss und das alles scheiße ist!
Meine Mutter wurde wütend, aber bevor ich nun ihren Wutausbruch anhören konnte, bin ich mit rotem Kopf und tränenüberströmt aus der Küche gerannt, an meinem verdutzten Vater vorbei, hoch in mein Zimmer und hab mich eingeschlossen. Das mach ich sonst nie!

Und jetzt tut's mir auch leid! Da muss ich glatt schon wieder heulen... Mann, ist das kompliziert... heul... scheiße!

Samstag, der 7. Mai, später

Nachdem ich mich ausgeheult hatte und gehört habe, dass meine Mutter ohne mich zum Einkaufen gefahren ist, war ich müde und bin erledigt auf meinem Bett rumgelegen. Ich starrte an die Decke. Mein Kopf war total leer. Aber es war wirklich angenehm, einfach mal nichts zu denken!
Dann klopfte es an meine Zimmertür. Meine Mutter konnte es nicht sein. Die war ja einkaufen. Papa?
Es klopfte noch mal.
Konnte ja eigentlich nur mein männlicher Erzeuger sein. Mehr Menschen wohnen, soweit ich weiß, nicht in diesem Haus.
Trotzdem nahm ich die volle Wasserflasche in die Hand. Die steht immer an meinem Bett, denn wenn mal ein Einbrecher kommt, dann zieh ich ihm das Ding einfach über den Kopf, dann ist der erst mal erledigt und ich kann in aller Ruhe die Polizei rufen.

Mit der Wasserflasche hinter dem Rücken versteckt, öffnete ich zögerlich meine Zimmertür. Papa! Gut, Wasserflasche wieder weg.

Ich hab mich auf mein Bett gelegt und mein Kopf so gedreht, dass er mein Gesicht nicht sehen konnte.

„Hartes Leben, oder?", fragte er.
Man merkt, dass er mit meiner Mutter verheiratet ist, die beginnt ihre mütterlichen Vorträge meist auch mit einer Frage. Frage oder Vorwurf. Je nachdem, ob sie einfach nur sauer auf mich ist oder sauer ist, aber Verständnis für meine Situation hat.

Ich sagte also gar nichts.

Mein Vater auch nicht. Hm, Männer sind halt doch nicht so

konversationsgeübt wie wir Frauen. Dass wir den Männern aber selbst dann noch helfen müssen, wenn wir eigentlich Hilfe brauchen, find ich schon etwas ernüchternd. Meine Hoffnung auf meinen Traummann schwand immer mehr dahin. Bei dem Gedanken an die Männer und den gerade geplatzten Traum musste ich schon wieder heulen.
Ich wusste echt nicht, dass ein einzelner Mensch in so kurzer Zeit so viele Tränen produzieren kann. Aber jetzt weiß ich das Gegenteil.

Mein Vater saß ziemlich hilflos neben mir auf meinem Bett. Väter sind mit heulenden Töchtern meist überfordert. Hab ich schon früh rausbekommen. Schon als kleines Mädchen ist mir aufgefallen, dass man diese Schwäche sehr gut ausnutzen kann. An den Wochenenden wird es schließlich oft dem Vater von der Mutter aufgezwungen, auf das Kind aufzupassen. Nachdem sich die Väter die ganze Woche ja nur um ihren Job und nicht um Haushalt und Familie gekümmert haben, betreten sie selbstverständlich jedes Wochenende erneut Neuland. Man vergisst ja so schnell, wie hinterlistig Kinder sein können.
Unser Glück...
Ich hab immer bei der kleinsten Kleinigkeit angefangen zu heulen. Und weil mein Vater natürlich nicht wollte, dass ich weine und er dann wieder Ärger von seiner Frau bekommt, was er denn nun schon wieder angestellt hätte, wird man immer mit ganz tollen Geschenken besänftigt. War ne tolle Zeit. Mein Barbie-Auto und das Fahrrad hätte ich sonst wahrscheinlich nie bekommen.
Aber nun war das ja was anderes. Ich bin jetzt erwachsen. Mein Freund hat mich verlassen und was mit einer anderen angefangen. Da helfen keine Geschenke mehr.
Ich hab bei dem Gedanken, dass nicht einmal mehr Geschenke helfen, noch mehr heulen müssen. Steigerung mittlerweile fast nicht mehr möglich. Noch mehr heulen und ich wäre ein mittelstarker Wirbelsturm der viel Wasser bringt.

„Schatz!"
Aha. Mein Vater begann endlich die Initiative.
„Magst du nicht ein bisschen in die Stadt gehen? Du brauchst doch bestimmt ein neues Paar Schuhe!", sagte er mit einem Schmunzeln in der Stimme.
Pah, als ob das so einfach wäre. Ich leide hier immerhin an Trennungsschmerz. Das kann man nicht mit Geld aufheben.
„Aber ich hab doch auch keine Hose mehr!", heulte ich ihn an. Wow, bin ich materialistisch.

„Dann bekommst du eben ein komplettes neues Outfit. Schuhe, Hose, Pulli, okay?". Klang schon besser.
Aber irgendwie ging's mir trotzdem nicht besser.
Konnte es wahr sein? Shoppen hilft nicht mehr gegen Tränen?
Was ist das nur für ein Leben, dieses Erwachsenwerden?

„Das mit den Jungs ist doch gar nicht so schlimm. Das geht schon wieder vorbei!". Na das war ja ne tolle Ansage.
Verheult und entsetzt setzte ich mich auf, schaute ihn unter einem kräftigen Tränenschleier an und schluchzte: „Hast du eine Ahnung! Das ist schlimm. Jonathan war in mich verliebt. Ich wollte ihn ja gar nicht haben. Und damit hatte ich Recht. Er ist ein Idiot. Aber dann war er immer so lieb und er war so oft bei mir und dann hat schließlich er mich als erstes geküsst!", heulte ich.

Als ich vom Küssen gesprochen hatte, war meinem Vater doch tatsächlich der Mund offen gestanden. Ja, was hat er denn gedacht? Dass wir nur sagen, „wir gehen miteinander" und uns dann nie wieder sehen. Ich wachse ja nicht in den Sechzigern auf.

Und auf seinen Schockzustand konnte ich jetzt auch keine Rücksicht nehmen. Ich war außer mir: „Er war immer so süß zu mir. Er hatte nur Augen für mich, hat mir in der Schule geholfen, mich immer gekitzelt und geärgert. Es war so schön. Und dann ist es auf einmal einfach vorbei und er küsst auch noch diese Kuh Stefanie!"

So, das war's. Vorbei. Adieu. Mein Leben ist hinüber. Sich die schlimmsten Geschehnisse des Lebens bewusst zu sein, ist die eine Sache. Sie aus dem eigenen Mund zu hören, die andere. Das ist ja noch schlimmer, als es nur selbst zu wissen. Das ist so erniedrigend.
Den letzten Satz habe ich deshalb auch nur hell hoch kreischend rausgebracht. Das war's dann auch.
Heulend habe ich mich wieder in mein Kissen geschmissen.

„Nati", versuchte mein Vater mich zu beruhigen.
„Das wird schon wieder. Da war bestimmt nicht dein letzter Freund!".
Ist vermutlich wahr.
„Und auch nicht dein letzter Liebeskummer!"
Schrei.
Wieso ist mein Vater so gemein zu mir? Jetzt war ich bei Wirbelsturmstärke angekommen.

Betroffenes Schweigen meines Vaters. Hysterisches Heulen meinerseits.

Hab ich ca. 2 Minuten durchgehalten. So langsam verließen mich aber meine Kräfte.
Derweil hatte mein Vater zu seinen wieder gefunden.
„Jetzt reicht's", sprach er, packte mich an den Schultern und zog mich hoch. Er hielt mich mit einer Hand fest, mit der anderen hob er mein Kinn, so, dass ich ihn anschauen musste.

„Nati, hör mir zu!", forderte er mich auf.
„Hör zu", sagte er noch mal.
Okay, ist ja gut. Ich höre zu.

„Das wird dir hier nicht zum ersten Mal passieren, dass du von einem Mann enttäuscht wirst!".
Toll, echt, gute Aussichten.
„Er ist kein Mann, er ist ein Idiot!", raunzte ich meinen Vater an.

Mein Vater schaute mich immer noch ernst an.
„Egal, ob er ein Mann ist oder ein Junge, ob er mal süß war und zum Idioten mutiert ist, das ist dir hier zum ersten Mal passiert. Das wird aber mit Sicherheit nicht das erste Mal bleiben.".
Es kam ein neuer Nachschub an frischen Tränen.

„Es wird noch öfter Menschen geben, die dich enttäuschen. Und das werden nicht nur Männer oder Jungs sein. Bekannte, Freunde, Kollegen. Glaub mir, da kommt eine ganze Menge auf dich zu. Nebenbei musst du trotzdem Kariere machen, deine Miete und Rechnungen bezahlen und immer hundert Prozent geben, in allem was du machst.".
Ich war kurz davor aufzugeben. Mich heulend ins Bett zu schmeißen und nie wieder aufzustehen. Väter sind für Problemgespräche wirklich nicht zu gebrauchen!

„Aber Nati, das alles lohnt sich!".
Jetzt klang er fast enthusiastisch.
„Ach ja?", fragte ich ungläubig.
„Aber ja!", antwortete er immer noch genauso überzeugend.
Er schien echt zu glauben, was er da erzählte.
„Nati, du hast doch Freunde, oder? Diese Mädchen da aus deiner Klasse, die wollen dir doch helfen, oder?".
Bei dem Gedanken an meine Mädchen kam gleich ein neuer Schwall Tränen, aber diesmal waren es eher Freudentränen, dass ich solch Freundinnen hatte, wo ich vor kurzem noch ganz alleine war.

„Und du hast uns, deine Familie. Auch wenn sie dich manch-

mal nervt. Deine Familie, Mama und ich, wir sind immer für dich da. Egal, was du angestellt hast.".
Wieso geht er denn jetzt schon wieder davon aus, dass ich immer was anstellen würde. Ich bin verlassen worden, ich kann da überhaupt nichts für!
„Und, da gibt's ja noch die wichtigste Person von allen, die dir immer helfen wird", sagte er.
Wer denn? Der liebe Gott hält sich, soweit ich weiß, aus Liebesangelegenheiten bevor man verheiratet ist, ziemlich raus.

„Du!", sagte mein Vater.
Überzeugend.
Ich runzelte die Stirn. Ich? Was bitte soll ich denn da machen? Ich bin verlassen worden! Ich hab das doch nicht veranlasst! Ich bin unschuldig. Ich bin die Gedemütigte!

„Nati, jeder Mensch hat sein Schicksal selbst in der Hand! Selbst, wenn es manchmal im Leben nicht so läuft, wie wir denken. Letztendlich ist es immer deine Entscheidung, wie du mit den Ereignissen umgehst. Und da du die Tochter meiner Frau bist, glaube ich nicht, dass du dich so leicht unterkriegen lässt.".

Jetzt hatte mein Vater Tränen in den Augen.
Was war denn los? Fragend schaute ich ihn an.
Mein Vater holte tief Luft.
„Versprich mir, dass du es keinem weitersagst. Niemandem. Nicht mal Oma!".
Versprochen. Das ist nicht so schwer. Oma muss man eh Alles drei Mal erzählen, weil sie immer vergisst, ihr Hörgerät einzuschalten. Das ist auf die Dauer ziemlich anstrengend. Da macht's gar keinen Spaß mehr, was zu erzählen.
Meinem Vater stiegen derweil tatsächlich Tränen in die Augen.
„Nati, weißt du noch, dass Mama und ich uns vor ein paar Monaten ziemlich genervt haben und öfter gestritten haben?".

„Ja", hauchte ich tonlos.

Irgendwie hatte ich das Gefühl, ein Geheimnis erzählt zu bekommen.
„Nati, als Mama damals mit dir schwanger wurde, waren wir das glücklichste Paar der Welt. Und Anfang des Jahres haben wir gedacht, wir hätten dieses Glück ein zweites Mal geschenkt bekommen.".
„Ein zweites Mal? Heißt das, Mama war schwanger??".

„Es war nicht geplant, aber es war Schicksal. Mama und ich haben lange überlegt, ob wir nicht zu alt sind für ein zweites Kind. Aber nachdem wir so stolz auf dich sind, haben wir gedacht, es könnte uns nichts Besseres passieren. Doch dann", Papa stockte. „Dann hat sie es verloren.".

Zum ersten Mal hatte ich das Gefühl, meine Tränen die gerade jetzt über meine Wange kullerten, seien das erste Mal wirklich berechtigt. Gegen das ist meine Geschichte ja Kinderkacke.

Jetzt fühlte ich mich echt mies. Ich hatte ja echt keine Ahnung. Sie hatten sich zwar erst auf einmal furchtbar lieb und dann plötzlich nur noch gestritten, aber ich dachte halt, das liegt an der Ehe. Das gehört so, dachte ich.

„Mama und ich waren furchtbar traurig. Aber deine Mutter noch mehr. Und plötzlich haben wir uns viel gestritten, obwohl wir das beide nicht wollten. Aber verstehst du, das Schicksal hat uns eine Aufgabe gegeben, und wir mussten damit fertig werden. Es war ganz alleine unsere Entscheidung, ob wir damit fertig werden, oder nicht.".
„Das ist doch aber eine bescheuerte Aufgabe!", schimpfte ich.
Mein Vater lächelte.

„So bescheuert finde ich sie heute gar nicht mehr.", sagte er und schaute mich tief an.
„Mama hat mir erzählt, wie fantastisch du damals zu ihr gesagt hast, dass sie die Ehe aufs Spiel setzt und, dass sie eine fantastische Familie hat und nicht alles mit ihrer Unzufriedenheit zerstören soll. Du hast so viel Einfühlungsvermögen gezeigt, dass macht mich so stolz auf dich. Du hast Kampfgeist, Nati. Du wirst einmal eine ganz Große!".
Diesmal versagte meinem Vater die Stimme.
Er drückte sich ganz fest an sich und schloss mich in seine Arme.

Vielleicht war die Geschichte mit Jonathan ja dafür gut, dass mein Vater und ich uns nicht so weit auseinander leben? Denn seitdem ich 14 bin, haben wir irgendwie nicht mehr so viel miteinander zu tun. Früher hab ich immer mit ihm Samstagabends Sportschau geschaut, heute nervt mich das.

Ich löste mich leicht aus der Umarmung meines Vaters und sah ihn an. Ich weiß eigentlich gar nicht, weshalb er mir manchmal so auf die Nerven geht. Er ist doch eigentlich tatsächlich in Ordnung.
Ich drückte mich wieder an ihn.

Nachdem ich mich etwas beruhigt hatte, flüsterte er mir zu: „Na, noch Lust shoppen zu gehen?"„
Ich setze mich auf, grinste ihn an und nickte. Natürlich! Ich wäre ja kein Mensch wenn nicht!
„Und was den Jungen angeht", sagte er.
„Du wirst merken, dass es jetzt noch ein bisschen weh tut und das ist ganz normal. Deine Mutter, ich, Oma, Opa. Wir alle haben das durchgemacht. Auch die großen Stars aus deinen Zeitschriften. Oder was glaubst du, wieso es so viele traurige Lieder über verflossene Lieben gibt? Weil es den Menschen belastet, jemand anderen zu verlieren. Aber das Gute ist, dass du irgendwann blinzelst und es vorbei ist. Und du fragst dich,

wieso es dir nur so schlecht ging. Aber dann wird es keine Rolle mehr spielen. Weil es dann nämlich vorbei ist, und du dich an den Schmerz nur noch dunkel erinnern kannst, und dann weitermachst. Mit einem neuen Teil deines Lebens - meist einem besseren!".

Nachdem mein Vater mich mit 150 Euro ausgestattet hatte, lief ich in die Stadt.
Doch Shoppinglust wollte sich nicht so richtig einstellen.
Na fantastisch, noch nie in meinem Leben durfte ich so viel Geld alleine ausgeben. Und ausgerechnet da versagt meine Shoppingspürnase.

Ich hab die Stöpsel ins Ohr und bin mit Taylor Swift im Ohr durch die Stadt gelaufen. Doch es war nicht wie sonst.
Normalerweise höre ich aggressive Frauenpunkmusik, da kauft man immer was, weil man einfach so gut gelaunt ist.

Dieses Mal war es anders.

Ich hatte auf diese Musik gar keine Lust, und habe deshalb nur so langsame Balladen gehört.
Und kein Jeansladen, kein CD-Geschäft, nicht einmal mein Lieblingsschuhladen konnte Geld aus mir locken.
Mich hat überhaupt nichts interessiert.
Später hab ich aufgegeben und bin nur noch so durch die Stadt gelaufen, hab mich zwischendurch auf Parkbänke und Brunnen gesetzt.
Es war ein schöner Frühlingstag heute und ich habe die Menschen beobachtet.
Wenn man sich einmal etwas Zeit nimmt und die Menschen in seiner Umgebung beobachtet, dann kann man oft erkennen, ob die Menschen glücklich sind oder nicht.
Manche Pärchen zum Beispiel laufen total verliebt und händchenhaltend von einem Laden zum nächsten. Andere wiederum nerven sich voll an und streiten sich die ganze Zeit, dass

sie keine Lust haben, da oder dort hin zu gehen.
Andere Shoppinglustige sind mit Freunden oder auch alleine unterwegs. Manche mit Hunden, andere mit Kindern. Die einen sind hübsch, die anderen nicht.
Und man selbst?
Ich, in diesem Fall, saß inmitten all dieser unterschiedlichen Menschen und hab mir zum ersten Mal in meinem Leben Zeit genommen, um mich umzusehen.
Warum war ich eigentlich so fertig? Klar, es war dumm gelaufen mit Jonathan. Aber mal ehrlich, mir ist schon bewusst, dass ihn nicht heiraten werde.
Also war es doch klar, dass eines Tages Schluss ist. Klar, ich hatte jetzt nicht damit gerechnet.
Aber vielleicht hatte mein Vater Recht, jeder hat Schicksalsschläge und mit denen muss er umgehen.

Und eigentlich habe ich keine Lust, bei jedem Schlag zu Boden zu gehen. Da kann ich ja nur durchs Leben kriechen, da sehe ich ja gar nichts.

Ich war gerade so im Philosophieren, als plötzlich jemand neben mir stand und „Hi" sagte.
Ich drehte mich erschrocken um. Marc.
„Hey", antwortete ich verwundert. Was wollte der denn?
„Wie geht's?", fragte er.
Es hörte sich ehrlich an, aber bei Jungs kann man eben nie wissen.
Also zuckte ich nur mit den Schultern.
Da kann man nicht so viel falsch machen.

Marc nickte nur und schaute sich um. Ich auch.
Pause.

„Na ja, ich geh dann mal wieder", sagte er zögernd.

Wieder nickte ich nur.

Marc drehte sich langsam um.
„Ach so", sagte er plötzlich und sah mich an.
„Es tut mir leid für dich. Die Sache mit Jonathan. Ehrlich!".

Ich sah ihn verwundert an.

„Du hast was Besseres verdient. Auch wenn ich glaube, dass er dich mag. Aber das ist trotzdem scheiße!".
„Ich hätte das nicht getan", fügte er hinzu.

Nun war ich wirklich erstaunt. Ich lächelte ihn nur dankbar an. Ich war so perplex und gerührt, das ich nur ein zartes „Danke" hauchen konnte.

Marc nickte kurz verständnisvoll, klopfte mir kurz aufmunternd auf die Schulter und ging.

Wenn man gerade den Glauben an die Männer verloren hat, kommt so was!

Und was meine Eltern betrifft, das muss schon ziemlich hart gewesen sein.
Und trotzdem sind sie so lieb zu mir gewesen, obwohl ich manchmal so eine Kratzbürste bin.

Ich hab meiner Mutter dann einen Blumenstrauß gekauft. Einen ziemlich schönen. Mit Sonnenblumen. Meine Lieblingsblumen. Denn das sind die einzigen, die ich malen kann.
Sie hat sich ziemlich gefreut, als ich damit nach Hause kam, um mich für mein Auftreten am Morgen zu entschuldigen. Dabei war sie schon gar nicht mehr sauer.
Gefreut hat sie sich trotzdem.
Abends hab ich dann Spaghetti mit ihr gekocht und später erst mit Papa die Sportschau und danach mit meinen Eltern noch einen Film geschaut.
War also gar nicht mehr so scheiße, der Tag.

Wobei ich trotzdem an Jonathan gedacht habe. Er fehlt mir halt.

Sonntag, der 8. Mai, sehr früh morgens

Es scheint die Sonne. Es ist gerade mal acht Uhr und ich kann nicht mehr schlafen. Ich hab von ihm geträumt. Nicht gut.
Ob er gestern im Jugendtreff war?

Sonntag, der 8. Mai, etwas später

Er war im Jugendtreff. Pff, ist mir doch egal.
Nina hat angerufen. Die weiß es von Marie und die von Laura. Laura ist bei uns in der Parallelklasse und ab und an mal mit Marie früher skaten gewesen. Seit Marie aber uns hat, machen sie eigentlich nichts mehr miteinander.
In dem Fall war es aber gut, dass Laura bei Marie angerufen hat und eigentlich nur was über Englisch wissen wollte. Da sind sie so ins Quatschen gekommen und Laura hat dann Marie erzählt, dass Jonathan auch da war.
Aber er war wohl nur bis elf da. Und nachdem was Laura mitgekriegt hat, hat Stefanie mit Lukas, einem aus unserer Parallelklasse rumgeknutscht. Na, das geschieht Jonathan recht.
Und er wusste nicht, ob er sich in sie verlieben sollte!
Ich denke mal, jetzt hat er die Antwort.

Montag, der 9. Mai

Ich bin heute in die Schule gekommen und war nicht mehr

richtig traurig, sondern eher trübsalblasend und einfach nur still. Es ist zwar nicht mehr alles schrecklich in dieser Welt, trotzdem fällt es mir schwer, unbeschwert in der Schule zu sein. Besonders weil Jonathan da ist und ich ja nicht mehr neben ihm sitze. Er sitzt jetzt alleine.
Wir haben heute wieder Vokabeltest geschrieben, der gleich während der Stunde von der Schmalzmahlzahn korrigiert wurde. Jonathan hat ne glatte sechs.

Dienstag, der 10. Mai

Es wird so langsam. Ich hab das Gefühl, mir geht's mit jedem Atemzug wieder besser. Ich kann sogar jetzt zu Hause Mathe lernen. Es fällt mir gar nicht mehr so schwer. Ich glaub, so langsam krieg ich den Dreh raus.
Außerdem sitzen wir vier Mädels jetzt direkt nebeneinander. Wir haben unsere Tische so gestellt, dass wir jetzt in der letzten Reihe beieinander sitzen. Und das ist echt total toll...
Wir haben viel Spaß und sie muntern mich richtig auf. Die meiste Zeit kritzeln wir uns gegenseitig in unsere Hefte, auf unsere Mäppchen und Ordner. Außerdem haben wir jetzt ein „Briefbuch". Denn Marie meinte, es sei doch schade, dass wir uns jeden Tag so viele Briefe schreiben und die dann wieder wegschmeißen. In ein paar Jahren würden wir darüber bestimmt lachen, wenn wir als erfolgreiche Businessfrauen unsere Babys von unseren Traummännern stillen würden.
Ich hab so lachen müssen.
Aber Nina und Lilly fanden die Idee auch gut.
Außerdem sei das nicht so gefährlich, wenn die Briefe über Lehrer oder dämliche Mitschüler nun nicht mehr im Papierkorb liegen, sondern verschlossen in einem Buch aufgehoben sind. So haben wir heute also mit unserem Briefbuch angefangen. War sehr lustig.

Mittwoch, der 11. Mai

Marie hat morgen Geburtstag. Wir werden uns am Abend bei ihr treffen. Und wir schenken ihr ein Handy. Heute Mittag gehe ich deshalb mit Nina und Lilly in die Stadt. Wir wollen ihr dasselbe kaufen, das ich habe. Das ist nicht so teuer und mit aufladbarer Karte.
Ich hab ja meins von Jonathan. Apropos Jonathan, ich glaub, ihm geht's nicht gut. Er macht gar keinen Quatsch mehr. Nicht mal mehr mit Marc. Der redet fast jetzt nur noch mit Phillip, der neben ihm sitzt.

Donnerstag, der 12. Mai

Heute hat Marie Geburtstag! Wir haben ihr jeder eine Rose geschenkt, jeder eine süße Karte und wir haben ihr einen kleinen süßen Kuchen geschenkt, den Lilly gestern gebacken hatte. Eigentlich wollte ich das ja tun. Aber beim ersten Mal, hab ich statt ein Viertel Milch, einen ganzen Liter Milch reingeschüttet – keine Ahnung wieso – der Teig war dann jedenfalls nur Matsche. Beim zweiten Versuch ist mir der Teig auf den Boden gefallen und ich hatte ein Argument mehr, dass wir einen Hund brauchen, denn dann hätte ich es nicht aufwischen müssen, und zum anderen hatte ich jetzt auch schon schlechte Laune.

Dann hat mir meine Mutter geholfen, den Kuchen haben wir dann aber aus Versehen im Ofen voll verbrennen lassen.
Dann hab ich Lilly angerufen und ihr gesagt: „Du bäckst! Bei uns im Haus funktioniert das irgendwie nicht! Bis morgen!". Dann habe ich ihnen heute natürlich erst mal eine Erklärung dafür abgeben müssen und Marie, Lilly und Nina haben sich kaputt gelacht.

Heute Abend gehen wir dann alle zu Marie und wollen ihr dann ihr Geburtstagsgeschenk geben.

Donnerstag, der 12. Mai, spät am Abend

Bin grad erst heimgekommen. Es war sehr schön bei Marie. Wir haben ihr das Handy geschenkt und sie hatte glatt Tränen in den Augen.
Dann hat uns ihre Mutter Spaghetti gemacht und danach sind wir wieder auf Maries Zimmer und haben Maries Geschenke inspiziert.
Nina stellte Maries Handy ein, mit Uhrzeit, Sprache und Datum.

Da fiel ihr auf einmal auf, dass morgen Freitag, der 13. ist. Ist das etwa schlimm?
Ich bin nicht abergläubisch. Aber Nina, Lilly und Marie waren total begeistert und haben Gruselgeschichten erzählt und anschließend haben wir uns den Film „Freitag, der 13." angesehen. Jetzt ist mir immer noch schlecht. Ich hab mich kaum getraut vom Auto von Maries Mama, die uns heimgefahren hat, bis zu unserer Haustür zu laufen.
Und jetzt stehen in meinem Zimmer drei volle und zwei leere Wasserflaschen, damit ich den Einbrechern eins über den Deckel ziehen kann...
Außerdem hat meine Oma morgen Geburtstag. Am 13. Mai. Und da meine Oma ein herzensguter Mensch ist, gehe ich nicht vom Schlimmsten aus!

Aber wie gesagt, außer dass es Gruselgeschichten waren, glaube ich nicht an „Aberglaube".
Diese Geschichten können sie genauso gut auch an Halloween erzählen.
Das hängt ja wohl wirklich nicht vom Tag ab!!!

Freitag, der 13. Mai

Freitag der 13.!!!!
Dieser Tag ist verhext!

Heute Morgen hat meine ganze Familie verschlafen. Um kurz vor acht hab ich mal so auf den Wecker geblinzelt. Da zeigte die Uhr sieben Minuten vor acht!!!
Ich saß quasi senkrecht im Bett, bin ruck zuck aufgestanden und aus meinem Zimmer gestürmt. Was soll das? Wieso wecken mich meine Eltern nicht? Bin ich ihnen egal? Sind sie ausgezogen? Haben die etwa Sex? Iiiihhh, an so was wollte ich nun wirklich nicht denken!
Musste ich aber auch nicht, denn im selben Moment kam mir meine Mutter auf dem Flur, im Morgenmantel und anscheinend auch gerade erst aufgewacht, entgegen gerannt.
„Schnell Nati, wir haben verschlafen!!!", schrie sie hysterisch. Ach nee, hatte ich auch schon mitbekommen. Sonst würde ich um mittlerweile sechs vor acht nicht noch im Schlafanzug da stehen!

So sind wir also hektisch ins Bad gestürmt. Gott sei Dank habe ich im oberen Stockwerk wenigstens mein eigenes Bad, weil meine Eltern ja gleich eins an ihrem Schlafzimmer haben.

So habe ich mich also ruck zuck angezogen, schnell die getönte Tagescreme ins Gesicht geschmiert und mir einen Zopf gemacht und fertig.

Meine Mutter wollte mir noch schnell ein paar Brote schmieren, bevor sie mich auf dem Weg zu ihrer Arbeit schnell in der Schule absetzen wollte.

„Mamiiii" motzte ich.
„Gib mir Geld mit und ich hol mir was am Kiosk! Bitteeee,

ich komm eh schon viel zu spät!", bettelte ich.
Ich hasse es zu spät zu kommen, das ist so peinlich, wie einen alle anstarren!

„Da muss ich erst noch am Geldautomaten vorbei!", sagte sie schuldbewusst.
„Wieso", fragte ich geschockt.
Ich wollte mir ja kein Kaviarbrötchen kaufen!

„Ich hab kein Geld mehr, ich war gestern kurz einkaufen!", nuschelte sie, während sie mir ein Brot schmierte!
Nicht zu fassen! Wie kann man ohne Geld rumlaufen? Na gut, ich mach das immer. Aber das ist ja auch was anderes, ich verdiene ja auch noch keins.

In dem Moment kam Papa in die Küche gestürmt und rief meiner Mutter zu, dass er jetzt gehen würde und wir sollten uns beeilen. Ach was!

Er ist sofort wieder aus der Küche raus Richtung Haustür geflitzt und ich ihm hinterher.

„Papa", schrie ich.
„Was?", schrie er im Laufen zurück.
„Geld!", war die kurze Anweisung meinerseits.

Das traf. Mein Vater blieb wie angewurzelt stehen und sah mich erschüttert an. Sieht so aus, als sei ihm in dem Moment klar geworden, dass ich doch ein kostspieliges Vergnügen war, was nicht nur dann Geld schluckte, wenn es beruhigt werden wollte.

„Mama hat keins da und ich muss ja irgendwas essen!":

Mein Vater kramte schnell in seiner Hosentasche, dann in seinem Geldbeutel und fischte einen 20er raus.

„Kleiner hab ich's nicht mehr!", sagte er fast entschuldigend.
Wo liegt das Problem? Ich finde 20 sind schon klein genug!

„Danke!", sagte ich und nahm ihm den Schein aus der Hand.
Er schaute kurz verdutzt, verabschiedete sich dann aber schnell und ich flitzte zu meiner Mutter in die Küche, wedelte mit dem Geldschein und meinte, wir könnten jetzt fahren.
Aber in dem Moment hatte sie mein Brot ohnehin schon eingepackt. Na, auch nicht schlimm, dann hatte ich eben 20 Euro verdient. Lief doch super bis jetzt!

Als meine Mutter und ich endlich die Türe öffneten, saß mein Vater verzweifelt in seinem Auto – in unserer Hofeinfahrt!
Sein Auto sprang nicht an! Als meine Mutter das sah, atmete sie tief ein und stöhnte: „Oje, Freitag der 13.!"

Also was haben alle mit dem Freitag den 13.??
Das ist auch nur ein Tag. - Dachte ich!!
Jedenfalls schien mein Vater zu verzweifeln. Meine Mutter winkte ihn zu sich und lief an die Garage um ihr Auto rauszuholen.Mein Vater lief zu uns herüber und meine Mutter rief ihm zu: „Ich fahr Dich!".

„Mami", versuchte ich einzuwenden.
„Papa versperrt mit seiner stehenden Karre die Einfahrt!".

Mein Vater war inzwischen bei uns angekommen, zuckte bloß ergeben die Schultern, sah meine Mutter an, sie sah ihn an und dann befahl sie mir hinten einzusteigen.

Gesagt getan.

Dann war meine Mutter für mich James Bond!
Denn sie fuhr als ob sie verfolgt werden würde – über unser Blumenbeet!

Aber das war die einzige Möglichkeit, um auf die Straße zu gelangen.

Gott, hoffentlich hat uns keiner gesehen.
Aber nebenan stand Nachbarin Else und hat nur dämlich geschaut. Meinem Vater und meiner Mutter schien es aber Spaß zu machen, den Vorgarten zu ruinieren um dann mit Erde verschmutzten Reifen durch die Vorstadt bis zu meiner Schule zu brettern - endlich mal die Sau rauslassen.
Mit quietschenden Reifen hielt sie vor der Schule an.
Ich stieg schnell aus.

„Willst du auch mal?" strahlte meine Mutter meinen Vater an.
Der nickte bloß begeistert und die beiden tauschten die Plätze.

Mann, was für verrückte Eltern hab ich denn? Aber ich konnte mich jetzt wirklich nicht um deren Leben kümmern!
Ich bin quer über den Schulhof ins Gebäude gerannt, dann die Treppen raufgespurtet und dann musste ich vor unserem Klassensaal erst mal kurz verschnaufen, denn ich hatte echt keine Puste mehr.

Dann öffnete ich die Tür und trat ein. Herr Schulz schaute mich verwundert an.
„So früh heute?", fragte er unfreundlich freundlich.
Ich lächelte.
„Wir haben verschlafen", antwortete ich und in dem Moment rempelte mich Jonathan an.

Völlig außer Atem presste er ein: „Entschuldigung – verschlafen", raus.
„Haben wir gerade schon von Nati gehört!", meinte Herr Schulz belustigt.

Die Klasse grölte vor Lachen. Nina, Lilly und Marie schauten mich ungläubig an.
Stefanie kochte vor Wut.

Und ich starrte nur Jonathan schräg hinter mir an und er sah mich verständnislos an.

„Was ist?", fragte er immer noch außer Puste.
„Das stimmt!", gab er sich die Antwort gleich wieder selbst.

Ich verzog, nur gespielt grinsend, das Gesicht und ließ ihn stehen, um auf meinen Platz zu laufen.
Jonathan tat dasselbe!
Ich meine, er ging mit zu meinem Tisch!!!!!
Ich setzte mich und er stand vor mir. Aber da war kein Platz mehr! Denn es war ja nicht sein Tisch. Denn ich war ja nicht mehr seine Tischnachbarin, sondern er saß jetzt alleine!
Aber anscheinend war ihm das entfallen.

„Jonathan, du wirst entschuldigen, wenn ich dir Nati für die Unterrichtsstunden entführe. Aber es ist mir echt lieber, du setzt dich auf deinen eigenen Platz, als die ganze Zeit vor ihr rumzustehen – ihr hattet doch die ganze Nacht – und auch noch den halben Morgen", sagte Herr Schulz belustigt.

Die Klasse lachte noch mehr.
Ich war geschockt und genauso sah ich Jonathan auch an. Hoffend, dass er endlich seinen Hintern von mir weg zu seinem Platz bewegen würde.

Und so langsam schien auch er zu begreifen.
Er drehte sich total verwirrt um und setzte sich auf seinen Platz.

Ich war total geschockt und Marie, Lilly und Nina sahen mich ebenso geschockt an.

„Ich weiß nicht, wo der herkam!", flüsterte ich ihnen zu.
Aber Nina grinste nur.

„Ich unterbreche deine nächtlichen Geschichten nur ungern, aber könnten wir jetzt zum Unterricht zurückkehren Nati?", fragte mich ein anscheinend kampflustiger Herr Schulz.
„Herr Schulz, ich war nicht mit Jonathan zusammen! Ich hab keine Ahnung wo der Kerl auf einmal herkam!", versuchte ich eine Entschuldigung und Berichtigung falscher, angenommener Tatsachen.
„Aus deinem Bett", kicherte sich Phillip tot.
Super! Der hat ja mega Witze!
„Aus meinem ganz bestimmt nicht!", zickte ich Phillip an.

Doch der lachte nur.
„Ja genau", murmelte Jonathan nur.
„Mach nur weiter so!", schimpfte er vor sich hin.

„Bitte?", fragte ich nun Jonathan kampflustig.
Was sollte denn das nun heißen?
„Kinder, ich würde gerne Mathe unterrichten. Ist das vielleicht möglich?!"; fragte Herr Schulz beleidigt.

„Was hast du damit gemeint?", fragte ich Jonathan angesäuert.
Das wollte ich jetzt schon wissen!

Jonathan drehte sich halb zu mir um, ohne mich dabei anzusehen.
„Du tust die ganze Zeit so, als wäre ich der fieseste Idiot aller Zeiten und du das heilige Lamm!", schimpfte er.

Ich konnte kaum glauben was ich da höre!

„Was soll das denn heißen?", fragte ich stockwütend.
„Tickst du noch richtig? Was hab ich denn getan?", schrie ich

ihn an.
„Hallo", versuchte es noch mal Herr Schulz.
Aber es war nur noch ein halbherziger Versuch das Ganze zu unterbinden, denn anscheinend entwickelte sich das hier zu einer seifenopernähnlichen Geschichte!

„Du tust so, als wäre es nur meine Schuld, dass es mit uns nicht funktioniert hat!", sagte er und sah mich dabei wütend und enttäuscht an.

Ich sah ihm nur verständnislos in die Augen.
Was sollte das denn jetzt?
Was hatte ich Großartiges getan, um das Ganze zu boykottieren?
Ich war ja wohl immer total lieb und nett zu ihm!
„Du hast doch Scheiße gebaut!", schrie ich mittlerweile eine Oktave höher.

„Dir war es doch egal!", schrie mittlerweile auch Jonathan.

„Wie kommst du denn darauf?", fragte ich ihn lauthals.

„Du hast dich doch gleich auf Stefanie eingelassen und gesagt, dass du nicht weißt ob du in sie verliebt bist oder nicht!", warf ich ihm an den Kopf.

Jonathan verdrehte genervt die Augen.

„Was will ich denn mit dieser Gans?", fragte er mich wütend.

„Tut mir leid, das weiß ich nicht!", antwortete ich sauer.

„Du hast doch noch andere Verehrer gehabt!", warf er mir nun vor.

„Bitte? Welche Verehrer denn?", fragte ich ihn belustigt.

„Das weiß ich doch nicht!", antwortete Jonathan sauer.
„Gut, denn ich weiß es auch nicht.", sagte ich mittlerweile wieder etwas leiser.
„Und selbst wenn ich es wüsste: Ich war doch mit dir zusammen!", sagte ich bestimmt.

Nun war Jonathan irritiert.

„Aber du hast doch..."
„Jonathan, ich habe gar nichts", fiel ich ihm ins Wort.
„Du hast dich von dieser Gans einwickeln lassen, und anscheinend hat sie dir genug Scheiße erzählt, aber du hast es wohl einfach so geschluckt!", sagte ich mittlerweile ziemlich fertig.
Jonathan überlegte kurz und sah dann langsam und wütend zu Stefanie. Die schaute schuldbewusst und idiotisch wie immer.
Wer hat solche Frauen in die Welt gesetzt?

Herr Schulz währenddessen stand mit geschränkten Armen da, um sich das ganze Spektakel in Ruhe reinzuziehen.

Ich hab gar nichts mehr gesagt. Ich hab Jonathan nur wütend, enttäuscht und fassungslos angeschaut.
Er hatte also gedacht, ich hätte noch was anderes am Laufen gehabt. Interessant.

Keiner sagte eine kurze Weile mehr in der Klasse. Betroffenes Schweigen.

„Gut!", meinte auf einmal Herr Schulz.
„Sieht so aus, als könnten wir nun endlich mit dem Unterricht fortfahren.", sagte er und stapfte zu seinem Pult.

„Seite 56!", befahl er.
Jonathan drehte sich wieder um.

Ich war verwirrt! Was für ein Tag!

Marie, Lilly und Nina konnten sich kaum einhalten und begannen sofort unser Briefbuch voll zu kritzeln. So viele Eindrücke eines solchen Streits – das mussten sie erst mal verarbeiten.

Allerdings nicht lange.
Wir waren grad dabei, die ersten Rechenaufgaben von Seite 56 durchzugehen (glaub ich, ich war nicht so ganz auf mathematischer Höhe), als auf einmal der Feuerwehralarm losging.
Zuerst sahen wir uns alle verwirrt an. Auch Herr Schulz war irritiert. Normalerweise wissen Lehrer nämlich von Proben.

„Ist das auf eurem Mist gewachsen", fragte er uns in vorwurfsvollem Ton.

„Bei allem Respekt", meinte Marc.
„Wir sitzen doch hier!".

Das gab Herrn Schulz doch zu denken.

„Okay", befahl er.
„Packt eure Sachen und kommt mit!"

Wir packten eigentlich eher gemächlich zügig unsere Sachen. Ich war nur froh rauszukommen.
Die Jungs standen gleich am Anfang an der Tür.

„Alle fertig?", fragte Herr Schulz und öffnete die Tür.

Im Laufschritt liefen wir in den Treppenhausgang.

Im ganzen Gebäude war es furchtbar laut.
Die Sirene heulte noch und man hörte überall Geplapper und belustigte Schreie.

Endlich mal wieder Aufregung in diesem Haus.
Als wir die Treppen runterliefen kam uns Rauch entgegen.
Herr Schulz lief voraus und schrie den Treppengang runter, wer unten ist.
Jetzt befiel mich doch die Panik.
Und damit war ich nicht die einzige.
Marie griff meine Hand und mein ganzer Körper fing an zu zittern.
Verdammt! Es brannte wirklich!!!

„Es brennt im Chemiesaal!", schrie, soweit ich es hören konnte, die Mahlzahn vom Erdgeschoss rauf.

Herr Schulz blieb kurz stehen. Er schien zu überlegen.

Der Chemiesaal lag im zweiten Stock. In dessen Höhe waren wir gerade.
Uns kam auch eine ziemliche Rauchschwarte entgegen.

„Scheiße!", sagte er, was mir nicht unbedingt grad mehr Mut gemacht hatte.
Mir stiegen Tränen in die Augen.
25 Schüler und ein verwirrter Lehrer in einem Schulhaus das wirklich brennt, das ist nicht gerade ein gutes Omen!

„Los! Raus!", schrie auf einmal Jonathan, griff durch die Masse der Leute zwischen uns nach meiner Hand und zog mich raus.

Auch Herr Schulz schien wieder klar zu denken.

„Jonathan, führ die Leute raus!", befahl er ihm.

Jonathan zog mich zu ihm.

„Marc, geh vor!", schrie er seinem Kumpel an.

Marc lief los und alle ihm hinterher.
Jonathan wartete mit mir bis alle vorbei waren und wir liefen hinter her.

Herr Schulz lief derweil in den zweiten Stock.
„Jonathan!", schrie ich und blieb stehen und deutete auf Herr Schulz. Herr Schulz schien schauen zu wollen, ob noch jemand im zweiten Stock war.
Jonathan überlegte kurz und sah mich an.

Ich war nicht bereit unseren, wenn auch bekloppten Lehrer, alleine reinlaufen zu lassen.

Mittlerweile waren Feuerwehrsirenen im Hof zu hören.

„Du gehst mit den anderen!", befahl mir mein Ex-Freund.
„Oh nein!", erwiderte ich.
„Du gehst da nicht ohne mich rein!" sagte ich bestimmt.

Er schaute mich kurz an, dann ging er voraus und nahm mich an der Hand und zog mich hinter her.
Wir sahen Herrn Schulz, der schrie um zu schauen, ob noch jemand da sei.

Der Rauch war am Ende des Gangs stärker, als da wo wir standen und auch Herr Schulz lief nicht weiter in den Rauch rein.

„Halloooo?!", schrieen wir alle drei.

„Ist hier noch jemand?!".

Aber es meldete sich niemand.

„Sieht so aus, als wären alle raus!", meinte Herr Schulz erleichtert.

„Los, raus!", befahl er nun auch uns und hielt sich die Hand vor den Mund.

Tatsächlich begann der Rauch etwas im Hals zu kratzen.

Da ich die letzte war, die reinkam war ich nun die erste die um die Ecke zum Treppenhaus bog – als mich der Schlag traf.
Da stand ein Monster!
Ich schrie hysterisch auf und flüchtete mich in Jonathans Arme.

„Wie viele sind noch drin? Geht's euch gut?", fragte das Monster.
Das ist aber ein nettes Monster, dachte ich.

Jonathan antwortete: „Wir drei sind okay. Aber ich weiß nicht, ob hinten noch jemand ist – hier vorne ist niemand mehr.".

„Okay, dann kommt, geht raus!", befahl das Monster.
Und ich traute mich, mich langsam umzudrehen. Nicht jedoch ohne Jonathans Hand dabei fast zu zerquetschen.

Wie ich mich umdrehte bemerkte ich, dass das nun schon viele waren. Vor uns stand ein großes schwarzes Ding, mit gelben Leuchtstreifen am Anzug und einer Atemmaske. Verdammt – es war die Feuerwehr! Peinlich!

Egal! Es war schließlich eine Extrem-Situation.

Wir wurden von einem Feuerwehrmann rausbegleitet. Draußen im Hof war die ganze Schule versammelt. In Grüppchen nach Klassen aufgeteilt und überall wurde von den Lehrern nachgeschaut ob alle da waren.

Das waren sie auch – nun mit uns! Wir waren die Letzten. Gott sei Dank.
Im Hof standen Feuerwehrautos, Polizei und Krankenwagen.
Als wir mit dem Feuerwehrmann rauskamen rannten uns gleich zwei Sanitäter entgegen. Ich kam mir vor wie im Film. Wie in ‚Stirb langsam' oder so was. Voll dramatisch.
Dabei ging's mir gut.

Wir wurden jedoch gleich in eine ekelhaft braune Decke gehüllt und in den Krankenwagen geführt.
Dort mussten wir uns hinsetzen und wir wurden auf Puls, Kreislauf und sonstigen Zustand durchgecheckt.
Ich sah Jonathan kurz an, der mir gegenüber auf der Pritsche saß.

Er sah auch mich an, während die Sanitäter uns untersuchten.

„Alles klar?", fragte er.
Ich nickte nur, spürte wie mir Tränen in die Augen stiegen und sah auf den Boden.
Irgendwie war das alles doch ein bisschen viel gewesen.
Wir bekamen alle beide ein Flasche Medizin, die wir trinken sollten, um die Schleimhäute wegen dem Rauch zu beruhigen und die Anweisung, morgen und in drei Tagen zum Hausarzt zu gehen, um uns checken zu lassen und uns sofort zu melden, wenn wir uns nicht gut fühlen.

Als wir aus dem Krankenwagen kletterten stand Herr Schulz auf einmal vor uns und sah uns eindringlich an.

„Na?", fragte er versöhnlich.
„Geht's euch gut?", fragte er.

Ich nickte und Jonathan sagte, dass uns nichts weiter fehlen würde.
„Nur ein Schreck!".

Herr Schulz lächelte freundlich.
„Das habt ihr gut gemacht. Ich bin sehr stolz auf euch. Auch wenn ihr gegen die Regeln verstoßen habt!", mahnte er mit einem Lächeln.
Ich lachte leicht.
„Danke!", sagte er ehrlich.

Jetzt war ich richtig stolz.
Herr Schulz schüttelte erst mir, dann Jonathan die Hand.
„Und vertragt euch wieder", mahnte er.
„Die Zeit ist viel zu kurz zum Streiten!", meinte er und schaute Jonathan dabei eindringlich an.

Ich war verdutzt, doch dann drehte sich Herr Schulz weg.

Ich schaute mich um.

Überall war Polizei und Feuerwehr.
Die meisten Schüler waren schon weg.

Rechts von uns sah ich jedoch Marc stehen.
Jonathan schaute links an mir vorbei. Ich folgte seinem Blick und sah meine Mädels.

Ich schaute ihn nur kurz an, nickte ihm nochmals zu und lief zu meinen Mädels.
Als sie mich sahen kamen sie auf einmal alle drei auf mich zugerannt und rissen mich in ihre Arme.

„Hey!", lachte ich.
„Gott, was machst du denn?", fragte Marie aufgebracht und erleichtert, dass ich ihn nun wieder da war.

Ich lächelte sie nur an und zuckte die Schultern.
„Ist ein bisschen wenig, oder?", fragte Nina und ihr kullerte eine Träne übers Gesicht.
„Nina!", sagte ich erschüttert.

„Ja Mensch", heulte sie jetzt. Marie und ich nahmen Nina in den Arm und Lilly drückte mich.
„Du kannst doch so was nicht machen!", schimpfte Nina heulend.
„Entschuldigung!", meinte ich ehrlich, aber grinsend.
Nina war ja doch zu großen Gefühlen fähig.

„Das mein ich ernst!", sagte sie und schaute mich und dann die anderen beiden ernst an.

„Du musst auf dich aufpassen. Wir haben doch nur uns! Was würden wir denn ohne dich machen? Wir sind doch Freundinnen!", heulte sie und sah mich an.
Ich schaute sie entsetzt an. Nun stiegen auch mir wieder Tränen in die Augen.

Und auch Lillys und Maries Augen glitzerten feucht.
Wir vier nahmen uns in den Arm und ich sagte ihnen: „Ich pass besser auf! Ich versprech's!".

Nach einer Weile meinte Marie, sie hätten meine Mutter angerufen und sie würde mich abholen kommen. Also setzten wir vier uns auf den Boden und unterhielten uns über den Tag, der noch nicht sehr alt war, aber schon voller Erlebnisse!

„Mensch! Und ich sag noch: am Freitag, dem 13. sollte man

lieber im Bett bleiben!", sagte Nina entschieden.
„Ich habe gehofft, das Glück umkehren zu können und habe Lotto gespielt, für die Freitagsziehung – wer weiß, vielleicht hab ich ja Glück und bin heute Abend Millionärin!", strahlte Marie.

Wir mussten lachen. Optimismus stirbt zuletzt!
Mittlerweile waren fast alle Schüler verschwunden, nur noch ein paar Schaulustige waren da.
Wir haben die Meute beobachtet und dann kamen auch schon meine hysterischen und sich sorgenden Eltern angerannt.

Ich lachte und winkte schon von weitem, dass alles in Ordnung ist.
Doch natürlich fiel meine Mutter mir erst mal erschüttert und erleichtert in die Arme.

Nach einem kurzen Smalltalk verabschiedeten wir uns und ich fuhr mit meinen Eltern nach Hause.
Vorher hielten wir aber noch bei einem Supermarkt, denn heute hat ja meine Oma Geburtstag und traditionell wird das bei uns abends mit einem Abendessen mit Onkel und Tante gefeiert.

Ich kann mich nicht erinnern, wann ich das letzte Mal mit beiden Elternteilen beim Einkaufen war. Ich kann mich überhaupt nicht daran erinnern, jemals mit meinem Papa beim Essen einkaufen gewesen zu sein.
Sieht auch lustig aus, wenn so eine Familie gemeinsam zankt, ob nun die oder die andere Pizza.

Am Coolsten war aber, als Papa auf dem frisch geputzten und noch feuchten Boden mit seinen Anzugsschuhen ausgerutscht und voll hingeknallt ist. Meine Mutter war so schockiert, dass sie ihm mit dem tiefgefrorenen Kuchen in der Hand entge-

gengerannt ist. Ich hab keine Ahnung, was sie eigentlich erreichen wollte. Auf jeden Fall ist sie zielstrebig auf ihn zugerannt und hat auch nicht stopp gemacht, als sie schon kurz vor ihm stand. Da musste es ja so kommen, das sie über ihn drüber fiel: Die Torte voraus – die Mutter hinterher.
Der ganze Arm von ihr klebte in der Torte. Mein Vater sah sie geschockt an und meine Mutter hatte große Augen und schaute ihn blöd an.
Ich stand fassungslos daneben. Und weil das so lustig aussah und anscheinend so üblich war in unserer Familie, trat ich einen Schritt auf sie zu und lies mich gespielt theatralisch neben sie fallen. Mein Vater fing an zu lachen und auch meine Mutter erwachte aus ihrer Erstarrung und lachte lauthals.
Da lag also die ganze Familie auf dem Boden im Supermarkt, in einer Torte, am Freitag, den 13.! So langsam glaube ich an „Aberglauben".

Gut gelaunt kamen wir zu Hause an. Das heißt, wir saßen im Auto und meine Mutter stand vor der Einfahrt, die ja immer noch von meines Vater arbeitsunwilligen Auto versperrt war. Sie grinste und schaute auf die Garage.

„Liebling!", sagte mein Vater vorahnend ängstlich.

Ich war verwirrt. Was sollte das?

Da lachte meine Mutter, gab vorsichtig Gas und fuhr durch den Vorgarten zurück zur Garage. „Ist doch Freitag, der 13.", meinte sie fröhlich.
Ich schlug die Hände kreischend über dem Kopf zusammen. Diese Familie macht mich wahnsinnig! Wie soll ich denn da gedeihen?
Kein Wunder, dass ich beziehungsgestört bin!

Mein Vater fand's nämlich auch noch lustig!

Ich war so froh, dann endlich wieder in unserem Haus zu sein, so dass ich mich sofort auf meinem Zimmer verkrochen habe.
Von dem Stress musste ich mich erst mal erholen.

Natürlich gelang meiner Mutter das selbst zubereitete Mahl nicht ganz so, wie es geplant war, was ihren Bruder auch köstlich amüsierte.
Meine Oma ließ sich in allen Einzelheiten unseren Tag erzählen und war geschockt, dass meine Mutter den Vorgarten zwei Mal überfuhr.
Tja, da muss sie mal nicht so geschockt tun. Ist schließlich ihre Tochter - und somit eigentlich ihre Verantwortung!

Das Abendessen war dieses Mal mit Tante, Onkel, Oma und meinen Eltern sehr lustig. Unsere Geschichte war die lustigste. Wenn auch mein Onkel sich mit meiner Tante heute ausgesperrt hatte und meine Oma ihr Hörgerät zerstört hat. Sie hat es nämlich gesucht und ist dabei draufgetreten. Jetzt ist es kaputt und man muss ihr alles drei Mal erzählen, dass sie es versteht.

Also das ist doch ein gelungener Freitag, der 13.!

So gegen 21 Uhr saßen wir gemütlich im Wohnzimmer und haben erzählt.

Da klingelte es plötzlich. Meine Mutter und mein Vater sahen mich erwartungsvoll an. Klar, ich musste gehen. War ich der Butler oder was?

Ich schnappte mir eine Wasserflasche für den Fall der Verteidigung und lief zur Haustür. Als ich sie öffnete, dachte ich, ich traue meinen Augen nicht. Jonathan!
„Hallo!", sagte er.
„Hallo!".

Er sah mich kurz ernst an.
Aus dem Wohnzimmer hörte man es lachen.
„Stör ich?", fragte er.
Ich schüttelte nur den Kopf.

Er sah auf die Wasserflasche.
„Wozu ist die?", fragte er.
„Gegen Einbrecher. Die zieh ich ihnen dann über den Kopf! Ist echt wahr!", sagte ich lächelnd.
„Verrückter Tag, was?", fragte er lächelnd.
Ich lächelte zurück und bejahte mit einem Kopfnicken: „Das kannst du laut sagen!".

„Nati, es tut mir leid!", sagte Jonathan auf einmal ernst.
„Ich war ein Idiot. Schon wieder! Stefanie hat einfach so viel Scheiß erzählt und ich hab ihr geglaubt. Ich war mir auf einmal so unsicher. Ich dachte, du spielst ein falsches Spiel – dabei war sie es!", entschuldigte er sich.

„Nein, Jonathan!", erwiderte ich und er schaute mich ernst an.

„Sieh mal", sagte ich und trat einen Schritt auf ihn zu.
„Das mit uns stand von Anfang an unter einem schlechten Stern. Und ich weiß auch warum!".

Jonathan sah mich fragend an.

„Wir haben die ganze Zeit versucht so zu tun, als wäre uns der andere egal. Deshalb haben wir auch immer so viel gestritten. Vor dem Kuss, nach dem Kuss, während der Beziehung, danach. Hättest du einfach einmal ausgesprochen, dass du Angst hast, dass andere Jungs im Spiel sind, oder hätte ich gesagt, dass ich mir nicht sicher bin, ob du mich magst oder warum du Schluss machst, dann wäre es nicht aus gewesen. Denn anscheinend mögen wir uns ja doch!".

Jonathan schaute mich ernst an.

„Ja", hauchte er.
Ich musste tief einatmen. Mir blieb fast die Luft weg.

„Ich mag dich immer noch!", sagte er.

„Ich weiß!", antwortete ich und spürte, wie ich leicht feuchte Augen bekam.
„Aber das spielt jetzt keine Rolle mehr!".
„Warum?", fragte er tonlos.

„Weil es vorbei ist!".

„Wieso?", fragte er noch mal.

„Weil da anscheinend kein Vertrauen ist.".
„Und", sagte ich weiter. „Weil du einfach ein anderes Mädchen geküsst hast. Die, die ich am meisten hasse. Und weil du das gewusst hast. Du wusstest, dass du mir wehtun würdest. Und damit könnte ich nicht leben, wenn wir beide wieder zusammen wären.".

Jonathan sah mich betroffen an.

„Auch nicht, wenn ich nicht mehr in deiner Klasse bin?", fragte er.

Ich sah ihn fragend an.
„Ich geh auf die Realschule. Nach diesem Schuljahr. Im Sommer.", meinte er.

„Aber wieso denn?", fragte ich ihn geschockt.

„Weil mir das zu viel wird. Ich hab keinen Nerv, so viel zu lernen. Und wenn dann irgendwann noch die ganzen Wahlpflichtfächer und die Oberstufe dazu kommen.. ich weiß einfach, dass ich das nicht packen werde...". Jonathan war sichtlich niedergeschlagen.

„Du würdest das schaffen!", versuchte ich ihn zu ermuntern.
„Ich will es aber nicht!", sagte er fest.

Tja, was hätte ich da sagen noch sollen?

„Tja, wenn du nicht willst...", meinte ich schließlich unschlüssig.

„Aber ich will dich!", meinte er.
Ich war geschockt. Ich überlegte. Ich war verwirrt. Ich war schwer verwirrt. Ich war total verwirrt. Ich konnte nicht klar denken. Wollte ich es denn? Wollte ich ihn wieder? Nach all dem was passiert war? War er es wert?

„Jonathan, du bist es wert – aber nicht für mich!", sagte ich ehrlich.
„Ich kann nicht – nicht mehr!", versuchte ich es zu erklären.

Da lächelte er auf einmal.

Er lächelte, schaute mich an und meinte: „Du bist es wert! Immer!".
Das war so lieb, dass ich auch lächelte.

Er streckte mir die Hand entgegen, ich nahm sie und wir schüttelten uns freundschaftlich die Hände.
„Vielleicht im nächsten Leben!", sagte er lachend.
„Da ganz bestimmt!", lachte ich zurück.
Dann ging er.
Und ich auch. Ich holte heimlich meine Jacke und lief durch den ohnehin schon verunstalteten Vorgarten auf die Straße.
Dann spazierte ich quer durch die Gegend.

Normalerweise versteh ich gar nicht, was meine Eltern an diesen Spaziergängen so toll finden. Jetzt fand ich es befreiend. Natürlich habe ich überlegt, ob es die richtige Entscheidung war, Jonathan gehen zu lassen. Aber das war sie. Ganz sicher. Ich will was Ehrliches. Ich will jemanden, dem ich vertrauen kann. Ich küsse ja nicht jeden einfach nur so. Jonathan ist ein lieber Kerl, aber er kann halt noch nicht mit Mädchen umgehen.
Und da ich selbst noch ziemlich unbeholfen bin mit mir selbst, kann ich mich nicht auch noch die Entwicklung eines anderen kümmern.
Außerdem sind wir doch so freundschaftlich auseinander gegangen. Und wer weiß - vielleicht tatsächlich in einem anderen Leben....??

Außerdem kann ich nicht meine Mädels ständig nur mit meinen Problemen belasten. Ich finde, ich habe jetzt genug die Aufmerksamkeit auf mich gelenkt. Wird Zeit, dass ich jetzt auch mal für sie da bin. Und dass wir unsere Schulzeit genießen.
Denn heute hat meine Oma zu mir gesagt, dass man nie wieder so viel Spaß hat in seinem Leben, wie in der Schulzeit mit seinen Freundinnen. Und ich glaub auch, damit hat sie Recht.

Und damit ist meine letzte Seite nun auch vollgeschrieben. Wer hätte gedacht, dass ich so fleißig Tagebuch schreiben könnte? Aber da war meine Oma wohl schlauer als ich. Denn sie hat mir heute ein Neues geschenkt. Und Marie hat übrigens im Lotto gewonnen! 25 Euro! Davon will sie uns jetzt groß ins Juze einladen! Frauenabend! Na, da kommt ja noch einiges auf mich zu...!

DANKE

Danke an Birgit Huber fürs Korrektur lesen - ich hoffe deine Zeitreise in die Jugend hat dich beflügelt.